Hans-Manfred Milde

Erzählungen aus Schlesien

Der Zwirlezwack

Zeichnungen: hamami
Herstellung und Verlag:
BoD - Books on Demand, Norderstedt
ISBN: 978-3-734758-41-6
1. Auflage: 2015

Tief versteckt in den Wäldern des schlesischen Eulengebirges lag in grauer Vorzeit ein kleines Dorf. Die wenigen Häuser konnte man an den Fingern zweier Hände nachzählen. Nur selten verirrte sich ein Fremder in diese Einöde. Kam aber doch mal einer vorbei, feierten alle gemeinsam ein großes Fest. Unter der großen Linde in der Mitte des Dorfes saßen sie dann bis spät in die Nacht und hörten gespannt, was der Wanderer aus der ihnen so unbekannten und fernen Welt zu erzählen wusste.

In dem Jahr, in dem sich unsere Geschichte zutrug, geschah dabei etwas Unerwartetes.

Zwei Bauern waren gerade dabei am Waldrand aus einem Baumstamm einen Balken zu schlagen. Voller Freude über den seltenen Gast ließen sie Äxte und Sägen liegen und begleiteten ihn unter fröhlichem Geplauder in ihr kleines Dorf.

Zuerst war es wie immer. Die Dorfbewohner überboten sich in der Bewirtung des Gastes und stritten gegen Abend, in wessen Haus der Fremde übernachten solle. Jeder Bauer hoffte, er möge in seinem Haus in die angebotene Kammer kriechen und die Nacht nützen, der Inzucht ein Schnippchen zu schlagen.

So saßen alle fröhlich beieinander und laberten sich ihre Seelen frei. Als sie sich satt gegessen hatten und einige Krüge vom selbstgebrauten Bier getrunken, begann der Wanderbursche zu erzählen. Seine Zunge war schon träge und sein Verstand berauscht. So nahm es nicht Wunder, dass er die schlechteste Nachricht zuerst verbreitete.

„In den großen Städten ist eine neue Krankheit ausgebrochen. Keiner weiß, woher sie gekommen ist und ob sie jemals wieder verschwindet. Es ist gut für euch, tief im Wald zu wohnen …"

„Eene neue Krankheit?"

„Wie heeßt sie denn, die neue Krankheet?"

„Die Quacksalber nennen sie Pestilenz, die einfachen Leute sagen: Pest. Manche meinen gar, es sei der Schwarze Tod selber."

„Der Schwarze Tuud? Ies der schlimm?"

„Schlimm? Wie die Fliegen sterben sie weg, die Alten und auch die Jungen."

Entsetzt blickten sich die Bauern an.

„Ja, und? Wie ies es, sterben wie eene Fliege?"

„Am lebendigen Leib verfaulen die Menschen! Einer steckt den anderen an."

Als die Dorfbewohner das hörten, erschraken sie sehr. Gespannt blickten alle auf den Schulte, hofften, er würde laut

auflachen, ihnen ihre Angst nehmen. Doch der blickte nur stumm zur Erde. Es dauerte eine ganze Weile, bis er seinen Kopf anhob, ihn an das Ohr des Nachbarn drückte und zu tuscheln begann. Zuerst mit dem Wiesner, der links von ihm saß, dann mit dem Müller an seiner rechten Seite. Der Wiesner flüsterte dem Eckbauern etwas ins Ohr, und der Müller dem Schäfer. Jeder beugte sich seinem Nachbar zu und redete auf ihn ein. Es sah aus, als spielten sie *Stille Post*, was die Kinder so liebten. Als der Redekreis endlich geschlossen war und einjeder mit dem Kopf nickte, sprang der Schulte auf und schrie mit seiner kräftigen Stimme den Wanderburschen an:
„Hau ab! Furt mit dir, du Haderlump! Mir lossen uns vun dir nich krankmachen nich! Wenn de nich gleich verschwindst ..."
Gleichzeitig sprangen alle Männer auf, erhoben ihre Fäuste und jagten den Fremden aus dem Dorf. Voller Wut riefen sie hinter ihm her, er sei des Todes, wage er es noch einmal zurückzukehren.

Von diesem Tag an begann im Dorf ein unruhiges, banges Warten. Bevor sie am Abend in ihre Betten stiegen, betrachteten alle ihre Körper, suchten nach Fäulnis oder aufquellenden Bäuchen. Erst drei Mondwechsel später stand fest, weder die Pest noch frisches Blut hatten Einzug gehalten in ihr kleines Dorf. So hielten sich, wie es in einem Menschenleben oft ist, Freude und Trauer die Waage. Fortan aber fühlten sich alle gestärkt in ihrem gemeinsamen Willen, jeden Unbekannten, der sich dem Dorf nähert, sofort zu verjagen. Was sie an sich selbst hatten, das wussten sie. In der Einsamkeit leben und gesund sein, erschien ihnen tausende Male besser als weltoffen und krank.

Die Sommer vergingen, wie auch die Winter.

Fremde waren nicht mehr ins Dorf gekommen. An den Herdfeuern wurde gerätselt, ob es draußen in der Welt überhaupt noch Menschen gäbe, oder ob der Schwarze Tod sie schon alle habe wegsterben lassen. Eigentlich wollten sie auch das nicht wissen. *Was ich nicht weiß, macht mich nicht heiß!*, hieß eines ihrer Sprichworte, und danach lebten sie auch. Vom Frühjahr bis in den Herbst arbeiteten alle fleißig auf den Feldern. War die Ernte eingebracht, durchstreiften sie den Wald, suchten nach Beeren und Pilzen. Bevor der erste Schnee fiel, fällten sie den einen oder anderen Baum, aus dessen Holz neue Schuppen oder ein Stall fürs Vieh gebaut wurde. Späne, Äste und Zweige verwendeten sie als Brennholz, dazu die ausgegrabenen Wurzeln, die in den Öfen besonders lange die Glut hielten.

Lag das Eulengebirge dann unter einer dicken Schneedecke, klapperten die Männer am Webstuhl, und die Weiber schlissen die Federn der Gänse und Enten für die Betten. Es waren die Jahreszeiten, die das Leben in dem kleinen Dorf bestimmten. Ruhe und Frieden lag über allem, was hier geschah ...

... bis eines Tages am Waldrand des kleinen Dorfes der *Zwirlezwack* erschien. Die Abendsonne war gerade dabei, den Himmel in ein rötliches Gewand zu kleiden. Die schwarz gefleckten Kühe liefen gemächlich dem heimatlichen Stall zu, wollten gemolken werden. Erste Hühner suchten nach ihrem Platz auf der Stange. Ein ganz normaler Tag neigte sich dem Ende zu.

Da tauchte er plötzlich auf, dieser *Zwirlezwack*.

Keiner wusste, woher er gekommen war, wer ihn zuerst gesehen, wer ihm diesen ungewöhnlichen Namen gegeben hatte: *Zwirlezwack*. Und wie es so bei den Menschen ist, wenn sie etwas nicht genau wissen, und es sich auch nicht gleich erklären können, ufern ihre Fantasien aus.

„Een Waldschrat möchts wohl sein", raunten sie sich zu. „Vun denen gibt's goar viele hier rund um die Hohe Eule[1]."

---

[1] höchster Berg im Eulengebirge, 1015 m

Waldschrate, so glaubten sie von altersher, seien im Wald herumirrende Geister, die besonders in den Abendstunden, manchmal aber auch in aller Früh, wenn der Wald noch voller Nebelschwaden hing, zwischen den Bäumen tanzten.

„Doas Gesicht von eenem Waldschrat, doas leuchtet heller als der Mond", behaupteten die einen; andere dagegen waren anderer Meinung.

„Nee, gloobt mersch, doas ies nich asu. Woas da leuchtet, doas sein Fackeln. Die Waldschrate fuchteln damit herum.

Geheime Zeichen seins, die sie sich geem."
Wollten die Kinder Genaueres wissen, mussten alle zugeben, bisher nie einen Waldschrat gesehen zu haben. Gehört hätten sie es, von der Großmutter. Vom Großvater. Oder von dem, der vorher dessen Vater gewesen war. Uralte Geschichten.

Aber jetzt hüpfte es wie irrsinnig am Waldrand herum, dieses sonderbare Geschöpf. Und so redeten sie sich im Dorf die Köpfe heiß.
„Een Junge ies is, wull noch keene zwanzig Jahre alt."
„Nee, verpuckt nochmoal. Een Waldschrat ies doas. Mal ies ar do, mal ies ar wieder weg. Wersch een normaler Mensch wie mir, do kennt ar doch hargiehn zu uns. Keener tät ihm was zu Leide tun."
Was diesen *Zwirlezwack* besonders auffällig machte, war sein ständiges Herumspringen. Keine Minute, ja nicht einmal drei Sekunden lang blieb er still auf einer Stelle stehen. Immer hüpfte er von einem Bein auf das andere, lief dabei in einem Bogen um etwas herum, was keiner sehen konnte. Seine Arme fuchtelten wild durch die Luft, als wolle er auf etwas einschlagen. Hätte dieser *Zwirlezwack* zu seinem seltsamen Gebaren auch noch

geschrien, wäre es den Menschen leichter gefallen, eine Erklärung zu finden.
„Een Verrückter ies doas, gloobts mir."
„Een Bekloppter wird's sein."
„Nee, nee. Doas ies een Tobsüchtiger!"
Aber dieser *Zwirlezwack* gab bei all seinem Herumgehüpfe keinen Laut von sich. Sein wildes Gefuchtel geschah in völliger Stille. Und gerade das war es, was sein Verhalten so unheimlich machte. Niemand konnte es sich erklären.
Und weil alles, was am Waldrand geschah, so gespenstisch aussah, wurde den Kindern befohlen, im Haus zu bleiben. Dass von nun an auch die Frauen am Abend daheim blieben, sahen die Männer voller Genugtuung. Um Inzucht in der Enge der kleinen Dorfgemeinschaft zu vermeiden, war hin und wieder frisches Blut wichtig. Das wusste und tolerierte jeder. Ein Wanderbursche oder ein pilgernder Mönch war deshalb immer willkommen. Voll Freude bot man ihnen eine Schlafkammer an, hoffend, sie würden sich erkenntlich zeigen. Das Blut eines Waldschrates wollte aber keiner in seiner Familie haben.

Anfangs erschien der *Zwirlezwack* nur an manchen Tagen am Waldrand, danach ließ er sich wieder für mehrere Tage nicht sehen. Die Männer berieten, was sie tun könnten.

„Wisst ihr woas? Den fanga mir ei."
„Aober was tun mer dann mit dem Kerle?"
„Mir sperrn an in eenen Schweinekoben."
„Do braucht die Türe aober eenem besonders storken Riegel."
„Und für wie lange wulln mern festhalten?"
„Keener weeß, woas der frisst?"
Während die Dorfbewohner an den Abenden unter der Linde ihre schwierigen Überlegungen hin und her wälzten, (manche ließen dabei sogar mörderische Absichten erkennen!), erschien der *Zwirlezwack* immer öfter. Zuletzt fast täglich. Näher heran ans Dorf war er aber bislang nicht gekommen.

War dieser Unheimliche zuerst immer am nördlichen Waldrand aufgetaucht, dort wo die Bäume am dichtesten standen, näherte er sich in letzter Zeit immer mehr dem Häuschen, in dem die Walburga lebte. Ihre kleine Kate lag abseits, direkt am Wald. Die alte Walburga lebte allein. Sie führte ein redliches Leben, sammelte Kräuter und Waldfrüchte und tauschte sie im Dorf gegen Salz und andere Notwendigkeiten. Erkrankte ein Kind, erwartete ein Weib seine Niederkunft, immer wurde nach ihr gerufen. Für jede Krankheit wusste sie einen Trank oder rührte eine Wundsalbe an. Sogar die

Männer ließen sich von ihr ihre Wunden pflegen.
Als die Dörfler aber sahen, wie dieser *Zwirlezwack* die Nähe zu Walburgas Behausung suchte, liefen sie zu ihr, um sie zu warnen.
„Pass ock gutt uff, uff dich!"
„Weeßte, moanche Waldschrate sauga ies Blutt aus."
„Besondersch ies Fraunblutt, doas mächt ihna besondersch gutt schmecka."
Der Walburga wurde sogar geraten, sie möge doch ins Dorf ziehen, in eine der leer stehenden Dachkammern. Doch sie wies jedes Ansinnen ab.
„Ich fercht mich vor keenem Waldschrat nich. Eher befercht ich, doass ich meine Suppe baale ohne Salz assa muss. Keener vun euch kummt mehr zu mir und tauscht mer woas ei gega meine Kräuter."
Kaum gesagt, änderten die Dorfbewohner ihr Verhalten. Plötzlich gingen Walburgas Geschäfte besser. Weder Mitleid, noch Schuldgefühle gaben dafür den Anlass. Der reine Eigennutz war es, der alle auf Vorrat kaufen ließ. Würde dieser *Zwirlezwack* der Wald-Oma, (wie die Kinder sie nannten), würde er ihr etwas antun, es gäbe dann weit und breit keine getrockneten Waldkräuter mehr. Selber in den Wald gehen, um nach Kräutern zu suchen, das traute sich, nachdem dieser Waldschrat aufgetaucht war, keine der

Frauen. Oder käme eine von ihnen nieder, würde ein Kind krank, trüge einer der Männer ein Geschwür, oder ziehe sich eine Wunde zu – was sollten sie machen ohne die Alte?

So kauften und tauschten sie, obwohl der *Zwirlezwack* noch immer am Waldrand herumtanzte. Noch war der Walburga nichts Schlimmes geschehen. Weil es aber die Menschen schlecht vertragen, wenn ihre Gedanken sie in die Irre führen, begannen sie neu zu grübeln und drehen den Spieß um. So tauchten ganz plötzlich böse Gerüchte auf und machten die Runde.

„Weeßte woas, warum dam Kräuterweibla nischte poassieren tutt?", raunten sie sich zu. „Ich gloob, asu werds sein, die steckt mit dam Kerle unter eener Decke."

Und so lockte ein Gerücht das nächste hervor.

„Seit der Waldschrat uffgetaucht ies, loofen ihre Geschäfte mit den Kräutern viel besser, als oalle Joahre zuvor."

„Do stimmt doch wos nich."

„Ma kennt wirklich glooben, der Kerle ... doas ies vielleicht goar ihr eigenes Kind. Die hoat uns den Bankert bisher verheemlicht."

Andere spannen die Gedanken weiter.

„Die Walburga hot eim Walde den Luzifer getroffen ..."

„… und ies ihm zu Diensten gewast!"
„Nochert hoat se den Bankert geboren … heimlich, unehelich."
„Sie weeß ja, wies gieht, doas Kinderkriegen."
„… und all die Joahre hoat sies ei ihrer Hütte versteckt gehaaln."
„Verheimlicht hoat se ihn vor ins."
„Aober doas gieht nich. Wie heeßt es eim Sprichwort? *Nischt ies so fein gesponne, ees kummt doch ans Licht der Sunne.*"

Alle Ablehnung, die bislang allein dem *Zwirlezwack* gegolten hatte, wurde auf die alte Kräuterfrau übertragen. Man begann sie auszuspionieren. So legten sich zwei Weiber um die Mittagszeit hinter einem Strohballen auf die Lauer. Am Abend behaupteten sie, sie hätten gesehen, dieser *Zwirlezwack* gehe bei der Walburga ein und aus. Eine ‚*Hexe*' nannten sie die Walburga. Eine ‚*Eule*'. So wurde aus dem alten und beliebten Kräuterweib in wenigen Tagen eine ‚*Verhexte Waldeule*'.

Lügen hatten die Frauen nicht erzählt.
Zuerst hatte der *Zwirlezwack* das Haus des Kräuterweibs immer nur vorsichtig umkreist, wie ein scheues Reh. Wäre die Walburga eine Hexe, weder der *Zwirlezwack* noch ein Reh hätten jemals die Nähe ihres Hauses gesucht. Wer

scheu und zurückgezogen lebt, besitzt ein gutes Gespür für mögliche Gefahren. Doch von einer, wie der Walburga, gingen keine Ängstigungen aus. Wärmestrahlen eher, die zutraulich werden ließen. Das musste auch der *Zwirlezwack* gespürt haben. Er kannte inzwischen das Leben der Walburga besser als die meisten im Dorf. Er wusste genau, wie viele Hühner sie hielt, wie viele Enten. Die Namen ihrer Ziegen kannte er, auch die der Schafe. Ebenso die genauen Zeiten, an denen sie gemolken wurden. Zu gern hätte er wieder einmal einen Schluck Ziegenmilch getrunken, noch warm vom Euter der Tiere. Zu gern hätte er vom frisch gebackenen Brot, welches jede Woche einmal von der alten Frau aus dem Backofen gezogen wurde, einen Brocken abgebrochen. Seine Angst vor den Menschen war aber zu groß. Obwohl die Kräuterfrau ihm schon mehrfach zugewinkt hatte, wagte er sich nicht nahe heran. Die Walburga gab aber nicht so schnell auf. Mutig setzte sie ihr Werben um die Gunst des Jungen fort.

An einem Abend legte sie ein Stück Brot und eine Scheibe Wurst auf den Hackstock, auf dem sie ihr Feuerholz spaltete. Der Fuchs war aber wagemutiger als der *Zwirlezwack*. Noch vor

Sonnenuntergang ließ er es sich schmecken. Überraschenderweise lag am anderen Morgen neben dem Hackstock ein Bündel Brennholz.

„Doas koann blußig dieser *Zwirlezwack* hergeschleppt ham", dachte sich die alte Frau und sah sich um. Von dem eigenartigen Wesen war aber weit und breit nichts zu sehen. So rief sie einfach „Ich dank dir scheen" in den Wald und war sicher, der Junge würde ihre Stimme hören.

Sie spaltete das Holz und trug es ins Haus. Am nächsten Morgen lagen erneut Holzscheite neben dem Hackstock. Diesmal rührte die Walburga sie nicht an. In der Hoffnung, der Junge würde noch zutraulicher werden, legte sie ihre Axt neben das Holz. An einen Ast des Apfelbaumes band sie, unerreichbar hoch für den Fuchs, ein selbst geflochtenes Körblein, gefüllt mit Wurst und Brot. Bevor sie sich zum Schlafen niederlegte, beobachtete sie vom Dachbodenfenster aus den Korb, sah aber nur den Fuchs, der an diesem Abend seine Nase viel höher trug als sonst.

Doch mitten in der Nacht waren Axthiebe zu hören.

Die Walburga blieb in ihrem Bett und malte voller Freude ein Kreuz auf ihre Stirn. Am Morgen lag das Holz

herdgerecht gespalten neben dem Hackstock. Das hoch hängende Körblein war leer. Wieder rief sie ganz laut „Ich dank dir scheen!" hinüber zum Wald, doch der Junge ließ sich noch immer nicht sehen. Selbst bei ihren ausgedehnten Waldgängen, auf der Suche nach den gewünschten Kräutern, entdeckte sie keine Spur ihres seltsamen Gastes.
Nach ein oder zwei Wochen, so genau wurden die Tage in der Einsamkeit des Eulengebirges nicht gezählt, stapelte schon viel Holz unter Walburgas Dach. Für den nächsten Winter war gut vorgesorgt. Trotzdem lagen an jedem Morgen erneut gespaltene Scheite neben dem Hackstock.
Der Herbst war inzwischen schon weit vorangeschritten. Immer wieder regnete es. So trug die Walburga fortan das Körblein mit Brot, Käse und Wurst nicht mehr zum Apfelbaum, sondern hängte es an einen Balken über ihrer Haustür. Und tatsächlich blieb das gespaltene Holz von nun an nicht mehr im Regen neben dem Hackstock liegen, es lag fein aufgeschichtet unter dem schützenden Dach. Daraufhin rief sie nicht nur „Danke" in den Wald, sie hängte auch noch die Worte an:
„Kumm ocke eis Haus rei, Jingerla[2]. Dei Hulz hoats warm gemacht! Weeßte,

---

[2] Junge

die Luft riecht noach Rahn³. Kumm eis Haus rei! Brauchst keene Angst nich hoam vor mir. Ich tu der doch nischte."
Ohne zu zögern und ohne große Bedenken ließ sie in der folgenden Nacht die Haustür offen. Als sie kurz vorm Einschlafen das immer stärker werdende Rauschen des Regens hörte, zog ein freudiges Lächeln in ihr Gesicht.
Am nächsten Morgen blieb die Walburga länger in ihrer Kammer als gewohnt. In der Nacht hatte sie Geräusche im Haus vernommen. Der Fuchs, der gar nicht allzu weit weg seinen Bau hatte, würde sich die Gelegenheit einer offenen Tür sicher nicht entgehen lassen. Ebenso wenig der Marder. Auch ein Dachs nicht. Aber Walburga hatte gehört, wie die Tür vorsichtig ins Schloss gedrückt wurde. Das würde ein Tier niemals tun. Deshalb war sie sicher, der Junge hatte ihre Einladung angenommen. Nach einem Dankgebet erhob sie sich und kleidete sich an.

Kaum knarrte die hölzerne Stiege unter ihrem ersten Schritt, huschte ein Schatten durch den Flur. Die Tür wurde aufgerissen, ein Schwall Tageslicht stürzte ins Haus. Zufrieden lächelnd betrat die Walburga ihre Wohnstube. Die Wolldecke, die sie am Abend vorsorglich auf die Eckbank gelegt hatte, lag ausgebreitet auf dem Fußboden.

---

³ Regen

Von draußen waren die Schläge einer Axt zu hören und das Knirschen, welches beim Spalten von Holz entsteht. Voll innerer Freude räumte die alte Frau das Nachtlager weg und bereitete ein kräftiges Frühstück – für zwei.

„Kumm ock rei!", rief sie dann durch die noch immer offen stehende Tür und wartete geduldig auf ihren Schlafgast. Ihr Warten wurde auf eine harte Probe gestellt. Zuerst vermehrten sich die Schläge der Axt, das Ächzen des platzenden Holzes wurde lauter; dann stockte der Rhythmus, verlor sein Gleichmaß und endlich verstummte jeglicher Lärm.

Zögerliche Schritte kamen näher.

„Kumm ocke rei, Junge, du werscht Hunger ham."

Mehr sagte die Walburga nicht. Sie trug die warme Ziegenmilch zum Tisch und setzte sich auf ihren gewohnten Platz. Wer hinter ihrem Rücken die Stube betrat, wollte sie gar nicht sehen. Sie wusste es auch so. Der, den sie im Dorf den *Zwirlezwack* nannten, stand an der Tür. Er hielt sich rechts und links am Rahmen fest, unschlüssig ob er nähertreten oder doch besser flüchten solle.

„Kumm ock und trink, bevor die Milch kaalt werd."

Zögernd und scheu näherte sich der nächtliche Gast.

„Satz dich ock her und ass. Tu dich nich genieren nich."
Zögerlich näherte sich der Fremde dem Tisch, blieb aber stehen. Walburga war unsicher, ob der fremde Junge ihren schlesischen Dialekt überhaupt verstand. Deshalb bemühte sich die alte Frau so zu sprechen, wie die Priester redeten, wenn mal einer von ihnen hier in der Einöde vorbeikam und eine Messe las.
„Weißt du, ich bin die Walburga. Hast du auch einen Namen?"
Bei diesen Worten sah die alte Frau dem Jungen zum ersten Mal ins Gesicht. Schnell senkte er seinen Blick zu Boden, wich wie eine scheue Katze einen Schritt zurück und drückte seine Arme zum Schutz vor seine Brust.
„Im Dorf tratschen[4] se und heeßen dich eenen *Zwirlezwack*, weil du immer so wild umeinander hopst. Mir gefällt der Name nich. Wenn ich aber deinen richtigen Namen nicht weiß, wie soll ich dich rufen?"
Während die alte Frau das sagte, aß sie ruhig weiter, als sei es die normalste Unterhaltung der Welt. Ihr Vorsatz, nach der Schrift zu reden, gelang ihr immer nur kurz. Der Junge zögerte, bewegte seine Lippen, brachte aber kein Wort hervor. Nur unverständliche Laute. Es war ein Gestammel, dessen Sinn die Walburga nicht zu deuten wusste.

---

[4] übel nachreden

„Weeßte, ooch wenn du nicht reden kannst, biste mir recht. Es regnet goar arg, und ich gloob, der Winter wird hart. Wenn de willst, koannste bei mir bleiben. Zu arbeiten gibts hier immer was." Der Junge trat wieder näher an den Tisch und nahm sich mit spitzen Fingern einen Kanten Brot aus dem Körbchen. Bevor er den ersten Bissen in den Mund schob, war es der Walburga, als male der Junge mit der Spitze seines rechten Zeigefingers ein winzig kleines Kreuz auf seine Stirn.

„Der muss unter Menschen uffgewachsen sein", brummelte die Walburga vor sich hin. „Von Tieren koann er een sulches Zeichen nicht gelernt hoaben nich. Doa ist Geduld nötig. Nu gutt, ich will se uffbringen, die Geduld. Een Winter ies vielleicht zu kurz, doas ar wieder gesund wird. Oaber keen eenziger Tag sull verloren giehn."

Von Tag zu Tag wurde der *Zwirlezwack* zutraulicher. Sein Herumhüpfen im Kreis, dazu das Schlagen der Arme wurde weniger. Nur in den Nächten des Vollmonds kam es über ihn. Da wurde es sogar der alten Walburga oft unheimlich, aber sie gemahnte sich, in ihrem Bemühen nicht nachzulassen.

Tag für Tag schleppte der Junge Holz herbei und spaltete es wie ein geübter

Holzfäller. Er half beim Ausgraben der Kartoffeln, zog die Rüben aus der Erde, erntete alles Wurzelgemüse. Anschließend stach er die Beete um. Der Walburga blieb nur das Staunen.

Die Bewohner des kleinen Dorfes betrachteten dieses unbekannte, fremde Wesen, das in der Kate am Waldrand ein und aus ging, mit großem Argwohn. Ihre Ablehnung galt aber nicht nur ihm.

„Nu wiß mers endlich. Ihr eigner Balg ies ar, der *Zwirlezwack*."
„Vum Teifel gezeugt."
„Doas sieht ma doch. Nu kann se uns nischt mehr vormachen nich."
„Pfui, mächt ma soagn."
„Schama sull se sich."

Niemand wagte sich in die Nähe ihres Hauses. War im Dorf jemand krank und brauchte bestimmte Kräuter, rief man es Walburga von weitem zu, damit sie alles Erforderliche ins Dorf bringen konnte. Bei diesen immer seltener werdenden Begegnungen versuchte sie den Dorfbewohnern zu erklären, es handle sich bei diesem *Zwirlezwack* um keinen Waldschrat.

„Gloobst mir doch. Een Menschenjunge ies ar, blußig verhält ar sich sunderbar. Ar muss woas Oarges erlebt ham. Woas doas Schlimme gewaast ies, doas weeß ich nich. Oaber ich werds schun noch

rausklamüsern!", versicherte sie immer wieder.
　Doch alle guten Worte der Kräuterfrau blieben bei den Dorfbewohnern ohne Erfolg. Argwohn und Verdächtigungen sprossen wie Giftpilze. Immer neue Geschichten wurden erfunden. Schließlich wurde sogar ein anderer Verdacht laut:
　„Wie der asu umeinander hupft, doas kennta Feixtänze[5] sein. Die kumma bestimmt vun der Krankheet, vun der der Wanderbursch erzählt hoat. Dieser Pestilenz, oder wie doas heeßt."
　Obwohl die Walburga nicht erkrankte, blieben die Bauern argwöhnisch. Ihre Kate nannten sie nur noch das *Hexenhaus*. In den Kindern wuchs die Angst, wenn sie nur zum Waldesrand hinüber sahen.

*

So verging die Zeit.
　Kaum hatten die Bauern ihre Ernte eingebracht, begann es zu schneien. Die dicken grauen Wolken, die weit von Osten hergezogen kamen, konnten ihre schwere Last nicht mehr tragen. Alles, was sie in sich trugen, schütteten sie auf das Eulengebirge. Drei Tage lang schneite es ohne Unterlass. Danach häufte der Wind den Schnee zu großen Wehen. Immer, wenn der Jahreslauf diesen Punkt erreichte, kehrte Ruhe und Besinnlichkeit im Dorf ein. Die Zeit verlangsamte ihren

---
[5] Veitstanz

Lauf. Gleichmut und Stummheit, Gelassenheit und Seelenfrieden erfüllte die Menschen. Walburga hoffte, auch in diesem Jahr werde es wie immer sein. Alle würden nicht nur den äußeren, sondern auch den inneren Frieden finden und die Geschichte um den *Zwirlezwack* vergessen. An einem dieser stillen Tage geschah aber für die Kräuterfrau etwas Ungewöhnliches.

    Gegen Mittag näherte sich vom Dorf her eine Gestalt ihrem Haus. Der *Zwirlezwack* hatte das ungewohnte Ereignis zuerst bemerkt. Voller Angst weckte er mit seinen unverständlichen Lauten Walburgas Aufmerksamkeit. Ein leuchtender Punkt zeichnete eine direkt aufs Haus zukommende Linie in das unberührte Weiß des Schnees. Die stampfenden Schritte im Tiefschnee ließen den Farbtupfer leicht hin und her schwanken. Je näher die menschliche Gestalt kam, umso stärker stieg die Erregung des Jungen. Bald begann er mit den Armen durch die Luft zu schlagen, so sehr ihn auch die alte Frau zu beruhigen suchte.

    „Gieh nauf in meine Kammer", sagte Walburga ganz ruhig. „Leg' dich ei mei Bett und deck' dich gutt zu."

    Mit weit aufgerissenen Augen blickte der *Zwirlezwack* seine Gönnerin an. Es bedurfte eines kräftigen Schupses, bis der

Junge bereit war, über die Treppe nach oben zu eilen. Kaum war er in der Kammer verschwunden, trat die Kräuterfrau vors Haus. Ihr Herz pochte vor Angst. Sie fürchtete, da komme einer der Bauern und verlange, sie möge diesen *Zwirlezwack* aus ihrem Haus jagen. Wenn nicht, werde man ihr den roten Hahn aufs Dach setzen. Je näher die Person kam, umso deutlicher war eine rötliche Kopfbedeckung zu erkennen. Keiner der Männer im Dorf trug je eine rote Kappe. So folgerte Walburga, es müsse ein Weib sein, welches zu ihr komme.

„Obs een Mann ies oder een Weib, doas ies mir egoal. Ich hoab vor keenem eene Angst nich", brummelte sie vor sich hin. „Obwohl ... biese Weiberzungen fügen einem oft schwerere Verletzungen zu, als eene Männerfaust."

Als sie dann aber erkannte, wer ihrem Haus zustrebte, fiel alle Furcht von ihr ab. Die noch jungfräuliche Tochter des Eckbauern war es, das Dorle. Was mochte sie hierher treiben? War es die ewige weibliche Neugier? An jenes Naturhafte, was Mädchen in einem bestimmten Alter zu jungen Burschen treibt, an das wagte Walburga beim Dorle noch nicht zu denken.

Die alte Kräuterfrau klopfte dem Mädchen mütterlich den Schnee aus dem

Gewand und bat es ins Haus. Am Tisch schöpfte sie ihrem unvermuteten Gast eine in Ziegenmilch gekochte Brotsuppe in einen, der schon bereitstehenden Teller, legte zwei Keile vom frischen Brot dazu und schob das Schälchen mit dem Salz in Dorles Nähe.

„Dei Weg woar bestimmt nich leicht."

Mit diesen vieldeutigen Worten eröffnete Walburga das Gespräch.

„Ei der Noacht hoats ja asu heftig geschneit, do sein die Schritte schun tief", antwortete das Mädchen, während ihre Augen jeden Winkel der kleinen Stube erforschten. „Doa muss eens schun uffpassen."

„Nur wer wagt, der gewinnt", antwortete die alte Walburga mit einem Sprichwort und konnte dabei ihr inneres Schmunzeln kaum unterdrücken. Das Mädchen gefiel ihr. Walburga hätte nur gern gewusst, ob die Tochter des Eckbauern aus eigenem Antrieb gekommen war, oder als Bote, der eine Nachricht zu überbringen hat.

Nachdem die Suppe geschlürft, ein Keil des frischen Brotes vertilgt, ein Dankgebet gesprochen, trug die Hausherrin den benutzten Teller weg und setzte sich schweigend neben das Mädchen. Ihm sollte es überlassen sein, das Gespräch zu beginnen.

„Für wen stieht denn der andere Teller dohier uffm Tische?"

„Nu, fier wen wull? Für mich."

„Und warum hoaste nich mit mir gegassa[6]?"

‚Schlau ist sie schun, doas Eckbauern Dorle', dachte sich Walburga, ‚oaber ich werd ihr keene Brücke baun. *Sie* soll nur fragen nach ihm.'

Das tat das Dorle dann auch.

„Wo ies er denn eigentlich?"

So direkt fragt nur die weibliche Neugier. Das Mädchen ist nicht geschickt worden, es kommt aus eigenem Antrieb, des war sich die lebenserfahrene Walburga jetzt sicher. Trotzdem beließ sie es beim Wortspiel.

„Wer ist wo?"

„Der... na der ..." über des Mädchens Gesicht zog ein rötlicher Schleier. „Ich meen, du weeßt schun ... der, zu dem se eim Durfe ... nu der *Zwirlezwack* halt."

„Oben ies er. Ei meim Bette."

„Ei deim Bette?"

Die Augen des Jungfräuleins weiteten sich voller Entsetzen.

„Hab dersch doch gesagt. Willste nachgucken?"

Abwehrend streckte das Mädchen beide Hände gegen die alte Frau, zog sie aber schnell wieder zurück.

„Ies er krank?"

„Ja, der Junge ies krank – aber nicht an seinem Körper. Er ies krank an der Seele."

---

[6] gegessen

Mit diesen Worten wusste das Eckbauern-Dorle nichts anzufangen. Sie hatte in ihrem jungen Leben immer nur von den Krankheiten des menschlichen Körpers gehört und selbst schon einige überstanden. Natürlich wusste sie, dass der Mensch auch eine Seele besaß, für die es zu beten galt. Ob diese krank werden könne, davon hatte sie noch nie etwas gehört. Deshalb lauschte sie aufmerksam jedem Wort.

„Weeßte, die Seele, die ies schun een eigenartigs Ding. Doas ies goar nich so leicht zu verstehen, wie die ies. Die kann dich zwicken und zwacken, wenn de woas unrechts gemacht hoast. Und vum Zwicken und Zwacken konn eene Seele krank wern, verstehste? Aber ies konn ooch ganz andersch sein. Doa musste goarnischt Schlimmes gemacht hoan. Doa konn een anderer Mensch dir woas angetan ham, woas asu schlimm ies, doas die Seele an sulchen Schaden nimmt, der ooch in den Körper nei kricht und was kaputt macht."

Andächtig hörte das Dorle dem alten Kräuterweiblein zu und wagte es sogar, ein paar Fragen zu stellen.

„Gloobste, doass dem *Zwirlezwack* woas Args poassiert ies?"

„Du weeßt doch, wenn eener von uns uffgeregt ies, fuchtelt ar mit seine Arme rum, als wullt ar uff eenen einschlagn. Und

ich gloob, dem Junga, du weeßt schun, vun wem ich red, dem hamse asu a schlimms Leid zugefiegt, doas seine Arme und Beene von ganz alleene rumzucken. Da konn ar goarnischte dafür nich."
„Meenste, doas vergieht wieder amol?"
„Doas gloob ich schun. Geduld musste ham. Viel Geduld."
So plauderten die so unterschiedlichen Frauen wohl ein oder gar zwei Stunden lang in harmonischer Eintracht.
Danach machte sich das Eckbauern-Dorle wieder auf den Heimweg. Den *Zwirlezwack* hatte sie nicht gesehen, was ja der eigentliche Grund ihres Besuchs gewesen war. Walburgas Worte von Körper und Seele klangen aber noch immer in ihr nach. Ebenso die Nähe des jungen Burschen, die sie deutlich gespürt zu haben glaubte - nicht nur in ihrer Seele, auch in ihrem Körper.
„Besuch mich amol wieder", hatte die Kräuterfrau noch unter der Tür gesagt, und das Dorle des Eckbauern nahm sich vor, dieser Einladung recht bald Folge zu leisten. Sie wollte den Jungen unbedingt aus der Nähe sehen, sie wollte ihn kennenlernen, diesen *Zwirlezwack*.

Erst gegen Abend wagte sich der *Zwirlezwack* wieder die Treppe herab. Seine noch immerwährende Angst verbarg er hinter den vor die Brust gepressten

Armen. Die alte Frau trug ihm die aufgewärmte Suppe zum Tisch, legte den übrig gebliebenen Keil frischen Brotes neben den Teller und schob ihm das Salzfässchen zu. Schweigend sah sie, wie er löffelte und löffelte und freute sich darüber. Später räumte sie den Tisch in großer Bedächtigkeit ab, wollte Zeit gewinnen, die richtigen Worte zu finden. Als sie glaubte, alles gut überlegt zu haben, setzte sie sich dicht neben den Jungen auf die Bank und nahm seine Hände in die ihren.

„Du musst dich vor niemandem fürchten nich. Aber ich will ooch nich, doass se dich eim Durfe weiterhin den *Zwirlezwack* nennen. Weil du selber nich reden kannst, werd ich dir eenen Namen geben; eenen, wie er hier üblich ies."

Erschreckte Augen sahen sie an.

„Weeßte woas, ich werd dich Karl nennen."

Der Kopf des Jungen bewegte sich hin und her.

„Nee? Willste nich Karl heeßen? Ies vielleicht ooch besser. Die Pauerntölpel würden nich Karl zu dir sagen, sondern *Kerl*. Dieser *Kerl*, würden sie sagen und dabei bleede grinsa."

Unruhe kroch in den Körper des *Zwirlezwack*.

„Ich weeß woas Besseres", jubilierte derweil die alte Frau. „Mein selig Vater war

getauft auf den Namen *August*. So werd ich dich *Augustus* nennen. Ja, Augustus. Es war ja ooch der Monat August, als de zum erschten Moal hier uffgetaucht bist. Gefällt dir der Name Augustus?"
Der Mund des Jungen versuchte Worte zu formen, die ihm aber nicht gelangen. Was hervorquoll, war nur unverständliches Gestammel.
„Ich werd dich nich nur Augustus nennen, ich werd dich ooch auf den Namen Augustus taufen. Asu richtig taufen werd ich dich. Im Namen des Vaters und des Sohnes und des Heiligen Geistes. Kennste doas?"
Aus dem verschlossenen Gesicht des *Zwirlezwack* konnte keine Antwort abgelesen werden. So erweiterte die alte Frau ihre Frage.
„Willste doas?"
Da kam es urplötzlich mit Gewalt zurück, dieses Schrecken erregende Verhalten des *Zwirlezwack*. Zuerst war es nur sein Kopf, danach der ganze Körper. Alles begann zu vibrieren. Seine Arme schlugen wild in die Luft, die Füße stampften den Boden. Unverständliche Laute schwankten im Ton. Ein gewaltiger Schüttelkrampf ließ ihn zu Boden sinken. Erschrocken trat die Kräuterfrau einen Schritt zurück.
„Loass ock gutt sein, Junge. Ies schun gutt. Beruhige dich doch. Nee, Jingla,

ärgern wullt ich die nich. Bestimmt nich, doas musste mir glooben. Weeßte woas, mir giehn jetzt schloofen[7]. Munne[8] sahn mer dann weiter."

Mehr wusste Walburga in ihrer Hilflosigkeit nicht zu sagen. Mit zitternder Hand hielt sie sich an der Stuhllehne fest. Der verkrampfte Körper zu ihren Füßen erbarmte sie. Mühevoll kniete sie nieder und streichelte über die struppigen Haare des *Zwirlezwack*.

„Kumm ock, Junge. Ich hab dir droben eene kleene Kammer eigericht. In eenem Bett schläfts sich doch besser, als hier uff der Diele. Tust dir ei der Nacht noch eenmol oalles überlegen. Doas mit der Taufe und dem Heiligen Geist und so, doas muss nich sein nich, wenn de nich willst. Überlegs dir ei oaller Ruhe."

Was niemand im Dorf wusste es: im Dachboden des Kräuterhauses hatte Walburga eine zweite Schlafkammern eingerichtet, in der Hoffnung, auch bei ihr würde einmal ein Wanderbursche oder ein umherziehender Mönch über die Nacht bleiben. Wenn auch nur für eine einzige. Die Männer nächtigten aber lieber in den Häusern, in denen der Duft junger Mädchen in ihre Nasen stieg. So war Walburgas Zweitkammer stets leer

---

[7] schlafen
[8] Morgen

geblieben, bis auf den heutigen Tag. Und nun schlief zum ersten Mal ein Mann unter ihrem Dach. Wand an Wand mit ihr. Dieser *Zwirlezwack*.

Am nächsten Morgen saß Walburga lange wartend am Tisch. Der Junge kam zögernd die Treppe herab und ging, ohne den Kopf zu heben, an ihr vorbei in den Hof. Mit einem Arm voll Brennholz kam er wieder herein. Sorgfältig stapelte er die Scheite unter dem Ofen. Kaum war das getan, griff er zum Futtereimer. Das ungeduldige Gegacker der Hühner und das Geschnatter der Enten waren schon lange bis in die Wohnstube zu hören. Da mischte sich die Hausherrin ein.

„Lass das! Satz dich har. Erscht werd gefriehstückt. Doas Gefieder koann woarten."

So bestimmt hatte die Walburga noch nie mit dem *Zwirlezwack* geredet. Scheu kam er zum Tisch, setzte sich aber nur auf die äußerste Kante der Bank. Um ihn nicht weiter zu verschrecken, schob die alte Frau den Brotkorb näher zu ihm hin, dazu ein gekochtes Ei und das Salzfass.

„Viel Salz hoab ich nimmer. Musst een bissel sparsam sein."

In der Nacht hatte sie sich weitere Namen ausgedacht, die ihrer Meinung nach gut zu ihrem Jungen passen würden.

Der Zwirlezwack rührte lange in seiner Tasse herum. Vom Brot brach er ganz kleine Stücke ab. Nur das Ei steckte er, nachdem die Schale entfernt und Salz aufgestreut war, zur Gänze in den Mund. Er kaute lange an allem herum, als müsse er sein ganzes Leben verdauen.

Die alte Frau spürte deutlich die Unruhe, die noch immer in dem Jungen tobte. Sie griff deshalb nach seiner Hand und hielt sie fest.

„Fürchte dich nicht", sagte sie und schämte sich zugleich. Wer oder was gab ihr das Recht, die Worte des Engels Gabriel, welcher der Mutter Gottes erschienen war, im Munde zu führen? Schnell wechselte sie den Tonfall und redete in ihrer gewohnten Art weiter.

„Weeßte, Jingele, jedes Lebewesen braucht eenen Namen. Und es hat ooch eenen. Die Ziege, das Huhn, der Hahn, die Kanickel eim Stalle, alle hoaben eenen Namen. Sogar der Fuchs draußa eim Walde hoat eenen ... oder weeßtes nich, der heeßt *Reineke*."

Der Junge nickte mit dem Kopf.

‚Ar verstieht jedes Wort!', jubelte es in der Walburga, deshalb sprach sie schnell weiter.

„Du hoast bestimmt ooch eenen Namen, doas glaub' ich sicher. Und du weeßt ihn ooch. Bloßig, du kannst ihn haalt nich aussprechen nich."

Am liebsten hätte sie hinzugefügt, er solle ihn aufschreiben. Aber selbst, wenn

der Junge des Schreibens mächtig gewesen wäre, nie hätte sie es lesen können. Dann kam ihr ein besserer Gedanke. „Pass amol uff. Ich werd dir jetz eenige Namen vorsagen. Wenn ich den richtigen sag, also den, der zu dir gehört, mit dem deine Muttel dich gerufen hat, wenn ich den Namen sag, dann nickste kräftig mit dem Kuppe."
Die Augen des *Zwirlezwack* begannen zu flackern. Walburga glaubte trotzdem, einen guten Weg gefunden zu haben. So nannte sie zuerst alle Namen, die es bei den Männern im Dorf gab. Als kein Nicken erfolgte, erfreute sie das. Trüge einer im Dorf den gleichen Namen, er würde sich verbitten, dass dieser Waldschrat ihm namentlich gleich stand. So suchte sie in ihrem Gedächtnis nach den Namen der Wanderburschen, die früher ins Dorf gekommen waren.
Weil auch hier jegliches zustimmende Zeichen des Jungen fehlte, begann sie tiefer in ihrem Gedächtnis zu kramen und suchte nach den Namen, die ihr als Kind in den biblischen Geschichten begegnet waren. Josef und Johannes waren die ersten, die ihr einfielen. Aus dem Petrus machte sie Peter, aus dem Paulus einen Paul. Bei Pontius Pilatus stockte ihr die Stimme. Den Namen Jesu auszusprechen

verweigerte sie sich ganz. Was sie auch versuchte, alles blieb ohne Erfolg.

Vielleicht hätte sich die Walburga für ihre Namensuche einen anderen Tag aussuchen sollen. Tage, an denen der Himmel grau bis auf die Baumspitzen herab hängt, wie an dem heutigen, solche Tage verwehren es den Menschen, Geheimnisse zu lüften.

„Wenn ich deinen Namen nich finden tu, und du ihn mir ooch nicht nennen kannst, dann gib ich dir irgend eenen."

Mit Gewalt riss der Junge seine Hand weg und schüttelte heftig mit dem Kopf.

„Es muss ja nich für immer sein", versuchte die Walburga den Jungen zu beruhigen. „Ich werd dich nich taufen, wie's der Pfarrer macht. Mit dem Kreuzzeichen und so. Nur rufen werd ich dich mit dem neuen Namen. Susste nischts."

Wieder schüttelte der Zwirlezwack heftig mit seinem Kopf, die langen Haare wirbelten wild herum. Die Walburga ließ sich aber nicht beirren. So gut sie nur mit der Schriftsprache zurecht kam, redete sie weiter.

„Doas eene weeßte schun: Karl werde ich dich nicht nennen, sonst sagen die eim Durfe *Kerl* zu dir. *Dieser Kerl* würden sie sagen. Das will ich nich. Und ooch nicht *August*. August ies nich gutt. Sie würden dich eenen *dummen August* nennen. Doas hab ich mir alles ei der Nacht gutt überlegt. Ich will nich, doass sie über dich spotten." Der *Zwirlezwack* hielt seine Hände ineinander verkrampft, als wolle er verhindern, damit auf den Tisch zu trommeln. Seine innere Anspannung war aber deutlich zu spüren.

„Was hältste von Bonifaz?"

Als der *Zwirlezwack* dieses harmlos ausgesprochene Wort hörte, den eingekürzten Namen des Heiligen Bonifatius, hielt ihn nichts mehr. Er sprang auf, seine Hände rissen sich aus der Verkrampfung, schlugen wild in die Luft, als wollten sie lodernde Flammen ausschlagen. Dann stürzte er zur Tür hinaus. Traurig sah ihm die Walburga hinterher. Sie konnte ja nicht wissen, dass Bonifaz der Name seines Vaters war. Hilflos zuckte sie mit den Schultern. Laut sagte sie:

„Nu gutt. - Doa bleibste haalt der *Zwirlezwack*."

Danach faltete sie still ihre Hände und sprach ein Gebet.

Drei Tage dauerte die Missstimmung an.

Die alte Walburga mühte sich, ihrer Stimme Güte und Sanftmut zu geben. Sie vermied die Nennung weiterer Namen, verbot sich aber, *Zwirlezwack* zu sagen. Ließ sich eine direkte Anrede nicht vermeiden, sagte sie einfach *Junge* zu ihm. Oder *„Jingerle"*. Ihrer Stimme war anzuhören, in wie viel Wärme sie dieses Wort einhüllte.

Wenige Tage vor dem Weihnachtsfest fragte die Walburga ihr *Jingerle*, ob er nicht für sie in den Wald gehen wolle.

„Du weeßt ja, baale hom mir ies Weihnachtsfest. Doa wär a kleenes Beemla[9] recht, nicht zu gruuß und ooch nich zu kleen. Haalt asu gruuß, doas es halt ei die Stuben nei passt. Obs eene Fichte ies oder eene Tanne, doas ies mer gleich. Oaber scheen sullt ies Beemla schun sein; groade gewachsa."

Unübersehbar strahlte die Freude aus den Augen des Jungen. Da war ihm der Schnee nicht zu hoch, die Kälte nicht zu bitter, der Wind nicht zu eisig. Noch in der gleichen Stunde griff er zur kleinen Axt, hielt sie kurz an die Schleifscheibe, um lief danach schnurstracks in den Wald.

---

[9] Bäumchen

Der Zwirlezwack war noch keine Stunde fort, da pochte es an der Tür des Kräuterhauses.

„Asu schnell koann der Junge doch nich zurücke sein", murmelte die Walburga vor sich hin. Außerdem wäre es nicht seine Art gewesen, an die Tür zu klopfen, war er doch hier zuhause.

„Ohne auf ein „Wer ist da?" oder ein „Herein!" zu warten, stürmte die Tochter des Eckbauern, das Dorle, in die Stube.

„Du musst entschuldiga, Walburga, doass ich eifach asu reistürzen tu, ei die gutte Stuben. Weeßte, der Wind bläst asu goarschtich[10]. Hätt der Schnee mich nicht festgehaaln, der Sturm hätt mich gloatt furtgebloosen."

„Ies schun gutt, mach ock keen Gemähre nich. Bist mir doch een willkummner Gast. Doas weeßte doch."

„Dank dir scheen", antwortete das Dorle und machte einen leichten Knicks.

Darüber war das Kräuterweib sehr erstaunt. Noch nie hatte jemand vor ihr ein Knie gebeugt.

„Satz dich ock oan a woarma Ufa[11], der Junge hoat nan tichtig eigeheeizt."

Noch während das Mädchen das große Brusttuch aufknotete und sich aus ihrem Mantel schälte, huschte ihr Blick durch die niedrige Stube. Möglichst unauffällig hob sie sich auf die Zehenspitzen. Vielleicht lag der, den sie so gern gesehen hätte, oben auf dem Kachelofen. Walburga sah ihr schmunzelnd zu.

---

[10] garstig
[11] Ofen

„Brauchst goarnich zu sucha nich, aar ies nicht derrheeme", sagte sie. „Aar ies ei a Wald, aar hullt mir eenen Boom fürsch Weihnachtsfest."

„Bei dam Wetter?"

Der Stimme des Mädchens war ihre Sorge, aber auch ihre Enttäuschung anzumerken.

„Nu, verpucht[12] nochoamol, du bist doch ooch bei dam Wetter zu mir geloofen. Wenn's du aushälst, umso mehr tutts een Junge."

„Ich meein ja bluß ..."

„Der Junge tutt woas Sinnvolles, eens, woas sich nicht aufschieba lässt. Und du?"

„Ich ... ich...", stotterte das Dorle herum, „ich tu ooch woas Sinnvolles."

Über das Gesicht der alten Frau huschte ein Lächeln. ‚Woas du willst, doas stieht schun in deim Gesicht geschrieba: du willst bloßig mei Jingerle sahn.' Doch die Gedanken der alten Frau gingen in die Irre.

„Nu hurch ock, woas luus ies eim Durfe", begann das Mädchen aufgeregt zu erzählen. „Eenen grußen Streit ham mer. Der Schulte und der Obermüller, a jeder gibt eenen anderen Tag an, an dem die Geburt des Heilands gefeiert werden soll. Oaber doas gieht doch nich, wenn die eenen an dem eenen Tag feiern, die anderen oaber an eenem anderen."

---

[12] verflixt

„Und wem glooben deine Eltern? Dem Obermüller? Oder dem Schulte?", stellte die Walburga als Gegenfrage.

„Doas ies es ja, doas Schlimme. Der Voater gloobt dem Schulte mehr, weil der Schulte haalt der Schulte ies."

„Und die Mutter?"

„Die Mutter, die mag den Schulte nich. Eigentlich mag sie sei Weib nich."

„Ham's een Streit miteinander?"

Dem Kräuterweib war es gerade recht, wieder einmal etwas aus dem Dorf zu erfahren. Sie war hier geboren und gehörte in all den Jahren ihres Lebens fest in diese Dorfgemeinschaft. Nun aber, seit dieser *Zwirlezwack* bei ihr lebte, fühlte sie sich ausgeschlossen.

„Weeste, doas woar asu: Eim letzten Summer hoat die Mutter unter eener Tanne, die ganz dichte Zweige gehoabt hoat, bis auf a Boden nunder, durte hoat die Mutter Enteneier gefunden. Die Schulten hoat behauptet, die Eier sein ihr Eigentum. Eene ganze Mandel sullns gewaast sein. Sie hoat behauptet, eene vun ihra Enta sull seit Tagen bei der Tanne herumgeschnattert ham."

„Eene Ente alleene legt keene Mandel Eier nich. Doa müssa schun zwee oder goar drei Enta eis gleiche Nast gelegt ham", mischte sich Walburga ins Gespräch.

„Die Mutter soagt ja ooch, aso viele Eier seins goar nich gewaaßt nich. Acht Eier sullns gewast sein, hoat die Mutter gesoagt. Keen eenziges mehr."

„Und wie ham se den Streit uffgelöst?"

„Die Mutter hoat mich geheeßen, vier vun deene Eier zur Schulten zu bringa. ‚Machen wir halbe-halbe', hoat die Mutter gesoagt. Doch die Schulten hoat die vier Eier nich gewullt nich. ‚Entweder krieg ich oalle, oder keens', hoat se gesoagt. Die Mutter wullt dann die vier Eier ooch nich mehr zurücke. Da hab ich halt alle Eier, die vier, die die Schulten nicht nehma gewullt, und die vier, die die Mutter ooch nich wullte, die hoab ich wieder unter die Tanne gelegt. Doas Nast woar ja schun noch zu erkenna."

„Und als die Entla ausgeschlüpft sein, do hoat der Streit wieder von vurne oangefanga, wem se nun zum Eigentum sein?"

„Nee, nee, doa sein keene Entla ausgeschlüpft nich. Ich denk, der Fuchs wird se neigewammt[13] ham."

„Ja, ja", grinste die Walburga. „Ies Füchslein ies schlauer als die Weiber."

Dem Dorle gefiel nicht, dass die alte Frau so über die Mutter redete. Deshalb fragte sie ungeduldig:

---

[13] gefressen

„Und woas sull ich jetzt derrheeme ausrichten, wann doas Weihnachtsfest nu ies?"
„Was soagt denn der Schulte?"
„Der Schulte soagt, nach der heutiga Nacht seins noch zehn Nächte, dann ies die Heilige Nacht."
„Und woas soagt der Obermüller?"
„Der Obermüller behauptet, ei der fünfta Nacht nach der heutigen, doa ies es soweit."
„Ach weeßte, Dorle, eigentlich ies es ja überhaupts nich wichtig, genau zu wissa, wann der richtige Tag oder die richtige Nacht ies", gab das Kräuterweib zurück. „Wichtig iesig blußig, doass man an den Heiligen Christ gloobt und seine Geburt feiert, ganz gleich an welchem Tag."
„Du weeßtes ooch nicht genau, stimmts?" Große Enttäuschung lag in der Stimme des Mädchens. „Dann gieht der Streit zwischen dem Vater und der Mutter immer weiter."
Die Alte spürte die Traurigkeit, die in Dorles Stimme mitschwang. Schnell fügte sie deshalb hinzu: „Ich weeß es schun genau. Ganz genau sogar. Nur heute weeß ichs noch nich."
Diese Antwort konnte das Mädchen nicht verstehen und schüttelte mit dem Kopf. Walburga sah die Zweifel in Dorles Gesicht. Schnell griff sie nach ihrer Hand

und zog sie an das Stubenfenster, das nach Westen gerichtet war.
„Guck amol genau hie. Durt hinga, do siehste die Stelle, wu der Wolfsberg links und der Schafsberg rechts unten aneinander stoßen. Siehstes?" Die Alte streckte ihren Zeigefinger ganz weit nach vorn und bewegte ihn dann von rechts oben nach unten und links wieder hoch, als zeichne sie die Umrisse der beiden Berge nach.
„Und zwischen den Bergen ies unten een ganz enges Tal. Das ies gerade amol asu breit, doass mei Finger neipasst." Die alte Frau tat so, als lege sie ihren Finger genau in die Senke.
Dorle schüttelte ungläubig den Kopf. Leise flüsterte sie vor sich hin: „Ich gloob, der Vater hoot doch recht. Doas Weib ies ja plemm plemm, soagt er immer. Die verblödet langsam. Was sulln denn die beeden Berge mit dam Weihnachtfest zu tun ham?"
Ängstlich wollte sich das Dorle von der Walburga lösen. Die hielt sie aber fest.
„Nu, guck nur naus. Du weeßt doch: Die Sunne gieht nich immer oan der gleicha Stelle unter. Wenn mer vun hier nausgucken, da verschwindet se, wenn se schloofen gieht, eim Frühling links vum Wolfsberg. Eim Summer wandertse ieber den ganza Berg nieber und gieht eim Winter uff der andern Seite unter."

Bei diesen Worten drückte die alte Frau das Mädchen ganz nah an die Fensterscheibe und malte einen weiten Bogen aufs Glas.

„Und itze, um die Weihnachtszeit, wenn se untergieht, passt se genau in die Schlucht nei, mitten zwischa dem Wolfsberg und dem Bocksberg. Mer keennt denka, sie iss eigeklemmt. Und genau mittig zwischa dan Berga, wenn se do undergieht, doas ies der kürzeste Tag des ganzen Joahres, und die längste Nacht beginnt. Und vun dem Tag oan seins noch genau drei Tage bis zur Heiligen Nacht. Nun weeßtes."

Jetzt staunte das Dorle über das große Wissen der Walburga. Im Stillen bat sie um Abbitte für ihre bösen Gedanken, die noch vor wenigen Augenblicken durch ihren Kopf geflattert waren.

„Und wann is es soweit, doass dus genau weeßt?"

„Munne[14] vielleicht. Vielleicht ooch erscht übermunne. Erscht wenn der Wind die Schniewolken verbloosen hoat, kann ich's genau sahn. Wann der Himmel wieder kloar ies, kummste halt nochamol."

„Dann gieht der Streit zwischen dem Vater und der Mutter endlich vorbei", freute sich das Dorle. Noch größer war aber ihre Freude über die neue Einladung. Eilig zog sie aus einer Tasche ein weißes Tuch.

---

[14] Morgen

„Bald hätt ich's vergassa. Der Vater und die Muttel lassen dich grüßen und wünschen dir ... ich meene euch ... mir wünschen *euch* een gesegnetes Weihnachtsfest."

Damit legte sie das Tuch auf den Tisch und schlug die Zipfel auseinander. Ein großes Stück geräuchertes Fleisch kam zum Vorschein. Die alte Walburga beschlich sofort die Angst, das Mädchen könne das Fleisch ohne Wissen ihrer Eltern heimlich aus der Vorratskammer genommen haben, um nicht kurz vor dem Heiligen Abend einen Besuch mit leeren Händen zu machen.

„Weil ihr ja...", fügte das Dorle hinzu, „...weil ihr ja zu zweit seid, hoat die Muttel gesoagt, da muss die Portion schun een bisserle greeßer sein."

„Du hast es oaber nich ... ich meene ... asu heemlich ...?"

„Nee! Woas de blußig denkst vun mir. Ooch der Vater weeß davon. Mit dem Kupp[15] hoat er genickt, der Vater."

Für die alte Walburga blieb das alles ein großes Rätsel. Deshalb beschloss sie, den wahren Grund zu erforschen. Wenn kurz vor dem Winter der große Dorfteich abgelassen wurde, um die Fische zu fangen, zogen die Männer einen Stöpsel aus dem Abflussloch. Mit dem Wasser schossen die Fische heraus und verfingen

---
[15] Kopf

sich im aufgespannten Netz. So, oder in etwa so, wollte es die Walburga nun auch versuchen mit einer ganz einfachen Frage.

„Sag' amoal, Dorle, haste schon eenen Verehrer?"

Das Mädchen erschrak heftig. Der Stuhl fiel um, als sie aufsprang. Tausend wilde Gedanken schossen durch ihren Kopf. Was der *Zwirlezwack* wohl von ihr denken würde, hätte er diese Frage gehört.

„Aber nee!", rief das Dorle entsetzt und begann zu flennen. In einem Wortschwall, (der dem aus dem abgelassenen Fischteich schießenden Wasser nicht unähnlich war), beteuerte sie, sie sei noch jungfräulich.

„Du musst mer schun glooben, ich bin noch unbescholten, wie man asu soagt. Obwohl ich schun lange das Alter hoab' ... alt genug bin, meen ich, um ... du weeßt schun. Der Anton, der vom Kienbauern, dem hätt ich mich gern versprochen. Weeßte, der Anton, der ies stark und kräftig. Vor allem aber ies er ooch klug. Und witzig ooch. Aar hoat oaber die Kuni mir vorgezogen. Weil die asu raffiniert ies!"

Die hitzigen Worte des Mädchens wurden immer lauter.

„Die hoat ihm immer uffgelauert. Am Abend, nach der Arbeet eim Stalle. Später sogar am helllichten Tag. Wenn se gewusst hoat, der Anton ies alleene uffm

Feld. Oder goar eim Walde. Die hoat den Anton eigewickelt, hoat ihm Leckereien gebracht. Frisch gelegte Eier hoat se heimlich gesammelt, aus welchem Stall ooch immer."

Plötzlich schossen Tränen aus ihren Augen, liefen in breiten Bahnen über ihr Gesicht.

„... und dann hoat se sich ihm ... hoat sich schwängern lassen. So ies es gewast. Die hoat dem Anton überhaupt keene Chance gelossen, eene von uns auszuwähln. Überrannt hoat ihn, doas Luder, den Anton vom Kienbauern. Gewalt hoat se ihm angetan, könnt man sagen. Und ich ... ich, die keusche Jungfrau ... ich sitz' nu da. Wanderburschen kumma nich mehr eis Durf, seit se den Letzten vertrieben ham, weeßt schun, der vun der schlimma Krankheet erzählt hoat."

Erschöpft von der langen Rede, die mehr eine Anklage war, als eine Verteidigung ihrer Jungfernschaft, wischte sie sich die Augen trocken.

„Ich will ooch goar nich mehr eim Durfe bleim. Käm' eener und froagte mich: Dorle, giehste mit mit mir?, doa werd ich ihm sagen: ‚Ja!' Immer nur ‚Ja' würd' ich sagen. Alleene wullt ich schun weggiehn, ganz alleene. Aber der Vater hat's nicht erlaubt. ‚Alleene giehste mir nicht, nicht alleene', hoat er gemeent. ‚Wenn eener kummt und dich mitnehmen tutt, dann sei's drum', hoat der Vater gemeent. ‚Aber den erschten Sohn, den du zur Welt bringst, den bringste mir zurücke. Der gehört uffn Huf. Wenn er gesund ist, gehört ihm eines Tages der Eckbauernhuf'."

Das Mädchen begann heftig zu schluchzen.

„Aber das gieht doch nich, Walburga. Doas musste doch eisahn[16]. Ich koann doch mei Kind nich weggeben nich." Trotzig wischte sich das Dorle die Tränen aus den Augen. „Drum such' ich eenen, der mit mir hier bleibt. Hier eim Durfe."

Der Teich war leer, die Fische gefangen. Das Mädchen legte, müde vom Redeschwall, den Kopf auf die hölzerne Tischplatte. Nun war alles klar. Das Eckbauern-Dorle spekulierte auf den *Zwirlezwack*.

„Doas, woas die junga Weiber unruhig werden lässt, rumort in ihrem Bauch", murmelte die alte Walburga leise vor sich hin. Laut sagte sie:

„Aar werd baale wieder zurücke sein. Der Junge weeß, wie man mit eener Axt umgieht. Ich bin mersch sicher, aar bringt doas scheenste Beemla, doas es ieberhaupt gibt. Der Junge hoat eenen besonderen Sinn für alles Scheene."

Allein wie es die alte Walburga sagte, mit welcher Wärme in der Stimme, wie sie den Kopf bei ihren Lobesworten voller

---

[16] einsehen

Stolz anhob, aus allem konnte herausgelesen werden, wie sehr sie den Jungen, den man im Dorf den *Zwirlezwack* nannte, längst fest in ihr Herz geschlossen hatte. Auch das Eckbauern-Dorle spürte diese Zuneigung. Über die so hoch lobenden Worte des Kräuterweibes empfand sie aber nicht nur reine Freude. Eine fragwürdige Eifersucht durchzog sie und hielt sie besetzt. Ihr war rätselhaft, warum und weshalb sie einen fremden Menschen plötzlich so stark begehrte, obwohl sie ihn noch nicht einmal aus der Nähe gesehen hatte. Sehen wollte sie ihn, unbedingt sehen.

„Hoffentlich kummt ar baale ausm Walde wieder heem, der *Zwirlezwack*."

Doch diese Hoffnung trog.

Dort, wohin der Weg den Jungen lockte, übermannte ihn die Erinnerung und hielt ihn fest.

*

Die Tür wurde aufgerissen, der auf den Namen des Hl. Benediktus getaufte Junge sprang in die niedrige Stube und drückte voller Angst sein Gesicht in den Schoß seiner Mutter.

„Sein se wieder do?"

Das heftige Nicken des Kinderkopfes spürte die Frau bis tief in ihr Innerstes. Trotzig schob sie den Jungen weg, nahm das große Brotmesser aus der Lade und stürmte hinaus. Das grausame Geschehen vor der Hütte war ihr schon bekannt. Zum zweiten Mal musste sie es in diesem Jahr erleben. Eine Horde wilder Männer ritt im wilden Galopp um das kleine Häuschen. Ihre Gesichter waren mit Ruß verschmiert, ihre Lederwämse fleckig und zerrissen. Mit großem Gejohle sprangen sie von den Pferden, pfiffen und kreischten, als feierten sie ein wildes Fest. Einer der Räuber ergriff den Köhler, drückte ihn an den Meiler und hielt ihm einen Dolch an den Hals. Als die Köhlerin das sah, rannte sie auf ihn zu und brüllte ihn wütend an.

„Loass ihn sufort frei!"

„He, he! Haltet mir die Alte mit dem Küchenmesser vom Leib!"

Mit ihren starken Armen ergriffen zwei Gesellen das Weib und warfen es auf den Boden. Nun wollte der Köhler seiner Frau zu Hilfe eilen, doch das Messer an seinem Hals ritzte ihm die Haut. Breitbeinig stellte sich der Anführer der Bande zwischen den Köhler und sein am Boden liegendes Weib.

„Hört zu, ihr beiden. Ich weiß, ihr habt gute Geschäfte gemacht mit euren Kohlen. Viele Dukaten habt ihr eingenommen. Oder wollt ihr mir erzählen, es wären nur Silbertaler gewesen?" Der Bandenführer lachte höhnisch. „Raus damit! Wir würden gern eure Teilhaber sein … ohne uns die Hände schmutzig zu machen."

„Dafür hoabts ihr bluttige Hände!", schrie das am Boden liegende Weib und wehrte sich mit all ihrer Kraft gegen die beiden Gesellen, die dabei waren, ihr das Kleid zu öffnen.

„Du hältst dein Maul! Du hast noch einen ganz anderen Schatz versteckt, Weib! Du weißt schon, welchen ich meine. Da brauchen mir nicht lange zu suchen, den haben alle Weiber an der gleichen Stelle."

Alle, die zu der Räuberbande gehörten, stießen ein hässliches Lachen aus. Hilflos musste der Köhler zusehen, wie die anderen Vagabunden unter wildem Grölen versuchten, die Beine seiner Frau auseinander zu drücken. In seiner Hilflosigkeit blieb ihm aber nur das Schreien nach Gott, das Flehen um Barmherzigkeit, das Winseln um Gnade. Zuletzt noch das Bitten um Schonung für das klägliche, karge Leben.

Aber alles Gejammer, alle Schmerzenschreie halfen nicht. Im Gegenteil. Sie stachelten die Männer vielmehr an, ließen sie fluchen und derbe Zoten reißen. Neben der lockenden Blume, die nach Geld roch, grapschten sie mit großer Gier nach einer anderen, die nur noch unter einem dünnen Leibchen verborgen lag … da wurde die Tür der Kate aufgerissen. Der einzige Sohn der Köhlerleute stürzte heraus, in seiner Hand ein prall gefüllten Lederbeutel.

„Hier! Hier is doas verfluchte Geld!", schrie er wie wild. „Nahmts doch, doas verfluchte Geld!", und er warf den Beutel dem Räuberhauptmann direkt vor die Füße.

Während die Männer ein Siegesgeheul anstimmten, fasste der Anführer den Jungen hart an der Schulter.

„Heb's auf!"
Mit zitternden Fingern hob der Junge den Lederbeutel wieder auf und hielt ihn, am ganzen Leib zitternd, dem Mann entgegen. Der wog den Beutel in seiner Hand, öffnete die Schnüre und schüttete den Inhalt auf den Waldboden. Es glitzerte und glänzte. Vor Freude schrien die Männer laut auf und stürzten sich, wie Raben über faules Aas herfallen, auf das Geld. Allein die beiden, die gerade dabei waren der Köhlerfrau das Kleid über den Kopf zu ziehen, riefen:
„Wartet noch! Zuerst öffnen wir diese Schatztruhe hier!"
Die anderen Kumpane interessierten sich aber nicht mehr für die Frau. Ihre Augen starrten nur noch auf das Glitzern und Glänzen. Jeder wollte sich seinen Anteil sichern.
„Liegen lassen!", befahl der Anführer mit starker Stimme. „Der Junge soll uns das Geld vorzählen und ausrechnen, wie viel jeder von uns zu bekommen hat."
Widerwillig legten alle, die bereits zugegriffen hatten, die schon handwarmen Geldstücke zurück. Die beiden Männer, die noch immer auf dem Weib des Köhlers knieten, wurden im gleichen Moment von hinten gepackt, ihre Köpfe krachten aneinander und kräftige Fußtritte beförderten sie ins Gras. Erschrocken und voller Wut rappelten sie sich

auf. Der Köhler hielt ihnen seine Fäuste entgegen, wollte sich auf sie stürzen, doch ein lauter Befehl des Hauptmanns ordnete Ruhe an. Seiner harten Befehlsstimme ordneten sich alle unter.

„Wie heißt du?", fragte er den weinenden Jungen.

„Benedikt. Bin auf den Namen des Heiligen Bene..."

„Maulhalten! Ich weiß, du kannst rechnen. Jedes einzelne Geldstück hebst du auf und sagst uns, wie viel es wert ist. Dann zählst du immer eins zum anderen. Hast du verstanden."

„Ja, Herr. Aber zuerscht müsst ihr erlauben, doass der Vater und die Mutter ei unser Haus giehn dürfen."

„Schon gut, schon gut."

Mit einem Kopfnicken gewährte der Räuberhauptmann den Wunsch des Jungen. Beschützend legte der Köhler seinen Arm um seine Frau und führte sie zur Hütte. Im Vorbeigehen verpasste die Köhlerfrau dem Räubergesellen, der sie schänden wollte, noch eine kräftige Maulschelle.

Erst als seine Eltern in der Kate waren, hob der Junge die Geldstücke auf, streckte jede einzelne Münze gegen den Himmel und erklärte ihren Wert. Zuletzt nannte er noch die Gesamtsumme des Geldes.

„Wir sind sechs Männer. Wie viel muss jeder erhalten, wenn es gerecht sein soll?", fragte daraufhin der Hauptmann.

„Verzeiht, wenn ich euch widersprechen tu. Ihr seid nicht sechs Männer, es sind nur fünf Männer. Fünf Männer und ein Hauptmann. Das rechnet sich anders. Ein Hauptmann trägt immer die Verantwortung. Ihm steht deshalb das Doppelte zu ... beim Geld, wie auch bei der Bestrafung."

Die ersten Worte des Jungen gefielen dem Anführer, bei den letzteren zog Unmut über sein Gesicht.

„Zügle dein freches Maul, Bursche. Rechne jetzt."

Benedikt, dem ein wandernder Zimmermannsgeselle das Rechnen beigebracht hatte, befreite ein Stück des Waldbodens von den Blättern. Dann nahm er einen Stock, malte Striche und Kreuze. Die von ihm laut ausgesprochenen Zahlen plapperten die Männer nach und versuchten mit ihren Fingern mitzuzählen, aber keiner war des Rechnens fähig.

„Gib jedem sein Teil, aber ehrlich!", befahl der Anführer.

„Das gieht nich. Das gruuße Geldstück, der Silbertaler, der müsste geteilt werden."

„Dann teile ihn!"

Fast gleichzeitig hielten drei Männer dem Jungen ihre Axt hin.

„Teile! Aber genau!"

Der Junge überlegte kurz, ob er eine der Äxte nehmen und jede Münze in viele Teile zerhacken solle. So würden die Räuber mit wertlosen Splittern davonziehen. Aber sie

würden wiederkommen und Rache nehmen, dessen war sich der Junge sicher. Und die Rache würde schlimmer ausfallen, als das, was heute noch recht glimpflich auszugehen schien. „Geld, das mit der Axt geteilt wird, ist wertlos", sagte er deshalb.
„Dann verteile es so, wie es da ist."
Den funkelnden Taler vergab der Junge an den, der das Kommando führte. Das tat er nicht, um ihn zu belohnen, er wollte ihn nur großmütig stimmen. Die Augen der anderen Männer funkelten voller Neid. Alle restlichen Münzen verteilte der Junge nach seinem Gutdünken. Dem, der Vaters Hals geritzt, gab er nur eine kleine Münze und den beiden, die seine Mutter gequält hatten, nur das restliche, schäbige Kleingeld.

Nachdem die Räuber voller Freude über ihren Beutezug weggeritten waren, wussten die Eltern nicht recht, ob sie ihrem Sohn danken sollten, oder ihn schelten. Ihr Leben war vorerst gerettet, aber nun waren sie bitterarm. Bevor jedoch Worte dieser oder jener Art laut ausgesprochen werden konnten, zog der Junge unter dem Scheitholz neben der Ofenstelle drei mit Ruß verschmierte Taler hervor, die er dort versteckt hatte. Da umarmten und lobten die Eltern ihren Sohn, nicht nur wegen seines Mutes, sondern auch wegen seiner Klugheit.
Dann wurden sie aber wieder still. Keiner mochte daran glauben, die Gefahr für Leib und Leben sei vorbei. Wölfe, die Blut geleckt

haben, kommen wieder. Immer wieder. Das hatten sie schon oft erfahren.

Schon früh am nächsten Morgen, die Sonne verbarg sich noch hinter dem Wald, arbeitete der Köhler wieder an seinem Meiler. Er schichtete die Scheite, wie es ihn der Vater gelehrt, und dessen Vater jenen Vater, und so über viele Generationen. Auch sein Sohn Benedikt sollte das Wissen um diese Kunst erlernen und später an seine Kinder weitergeben.

Heute werkelte er aber alleine. Er wollte seinen Sohn schlafen lassen, hoffend, alle bösen Bilder, die der Junge gestern mit ansehen musste, gingen ihm im heilsamen Schlaf verloren. Es dauerte aber gar nicht lange, da standen Weib und Sohn neben ihm, reichten ihm Scheit um Scheit. Als alles gut geschichtet war, fuhren sie lockere Erde und Grassoden herbei und deckten den Holzstoß ab. Dann war es so weit, der neue Brand konnte beginnen.

*

Nach dem Löschen des Meilers füllten sie die Holzkohlen in selber geflochtene Körbe, hoben sie auf ihre Rücken und machten sich auf den Weg. In den weit entfernten Schmieden würden sie ihre Kohlen gut verkaufen.

Während sie so dahingingen, beratschlagten der Köhler und sein Weib, ob sie diesmal ihr schwer verdientes Geld nicht besser im Wald verbergen sollten. Der Junge könnte es in seiner Furcht wieder den Räubern vor die Füße werfen. Ließen sie im Lederbeutel nur einen Rest vom Kleingeld, wäre der Verlust nicht so schmerzlich. Der Gedanke gefiel ihnen, und so versteckten sie nach ihrer Heimkehr die großen Münzen im Wald. Die ungebetenen Gesellen würden nicht lange auf sich warten lassen, dessen waren sie sich sicher.

Der erste Schnee war früh gekommen, konnte sich aber nur drei Tage lang halten. Kartoffeln und Rüben waren eingebracht, der Dachboden mit Stroh und Heu gefüllt. Die Herbststürme hatten viele Bäume umgebrochen.

„Es wär een großer Schaden, verrottete das Hulz sinnlos eim Walde", sagte der Köhler zu seinem Weib. „Ooch wenns schun spät eim Joahre ies wull mer noch eenen Meiler setzten."

„Wennste meenst", antwortete ihm die Frau. „Oaber ich muss Fadern[17] schleißen. Der Junge ies gewachsen, ar braucht een längeres Faderbett."

„Mach nur, ies schun recht. Weißte, ich hoab mer geducht, ies sull derr erschter Meiler wern vom Benedikt. Ich half ihm, oaber ar soll ihn setza. Und ooch selber doas Feuer eibringa. Die ganze Verantwortung für den Brand sull der Junge hoam, und ooch den vullen Lohn für sich behaaln, quasi als Grundstock für seine

---
[17] Federn

Zukunft. Ich werd ihm lediglich behilflich sein."

Benedikt war stolz darauf, seinen ersten Meiler selbst setzen zu dürfen. In den vielen Jahren, in denen er dem Vater stets zur Hand war, hatte er gelernt, wie die Scheite aufgestellt wurden, wie der Kamin gebaut und die Abdeckung in richtiger Stärke aufgebracht werden musste.

So ging der Bau des neuen Meilers gut und schnell voran.

Als nach einer arbeitsreichen Woche alles zum Brand bereit war, umrundeten Vater und Sohn nach alter Sitte den gut vorbereiteten Meiler. Sie beteten dabei das *Vaterunser* und das *Ave Maria*. Dieses Mal aber ging der Sohn voran, was sonst dem Vater vorbehalten blieb. Stolz erhobenen Hauptes trug Benedikt die Fackel, stieg dann über die angelehnte Leiter hoch zum Kamin und warf die Flamme ins Innere.

Sein erster Meiler stand im Brand!

Die ganze Nacht hielt Benedikt Wache. So sehr er auch in den frühen Morgenstunden gegen den drängenden Schlaf ankämpfen musste, hielt er durch. Vom Vater wusste er, die erste Nacht war die wichtigste, deshalb wollte er sie unbedingt selber durchwachen.

Am Morgen öffnete er nochmals das Loch auf der Spitze des Meilers und blickte ins Innere. Jedwedes wildes Auflodern der Flammen musste verhindert werden, wie auch das Verlöschen des Feuers. Doch er sah, alles war gut. Wie sonst der Vater ihm, überließ er dem Vater nun die weitere Wache und legte sich für einige Stunden zur Ruhe. Fest einzuschlafen gelang ihm aber nicht, dazu war er viel zu erregt. Kaum hatte er einige Stunden geschlafen, umkreiste er wieder seinen Meiler. Mit der langen Stange stieß er Löcher in die Abdeckschicht und reguliert damit die Luftzufuhr. Der Vater sah es mit großem Stolz. Züngelte eine Flamme aus einem der Löcher, klopfte Benedikt die Erde schnell fest oder karrte neue herbei. Nur dort, wo er es wollte – (er, der noch junge Köhlersohn Benedikt, erstmalig Herr über einen Kohlenmeiler!) – nur wo er es wollte durfte Sauerstoff eindringen.

Am fünften Tag erkannte Benedikt an der veränderten Farbe des Rauchs, wie gut der Schwelvorgang vorankam. Jetzt, vor dem nahen Winter, würden sie einen besonders hohen Preis für die Holzkohle erzielen. Deshalb begann er, Pläne zu schmieden.

Ein Pferd hätte er gern vom Erlös gekauft, dazu einen Wagen. Wie viel leichter wäre es, die Holzkohlen nicht mehr bis zu den Schmieden auf den Schultern tragen zu müssen. Vorerst wollte er aber seine Gedanken geheim halten. Er fürchtete, die Eltern würden ihm ein altes Sprichwort vorsagen: *Träume sind Schäume.*

So schwelten Kohle und Wunschtraum vor sich hin. Mit gleicher Mühe, mit der er den

Meiler bewachte, musste Benedikt auch seine Zunge hüten, um seine Träume nicht zu verraten.

Nach einigen Tagen fragte der Köhler seinen Sohn:

„Nu, woas denkste, wie lange brauchts noch?"

Bevor Benedikt antwortete, stocherte er an mehreren Stellen in den rauchenden Meiler, sog den austretenden Rauch in seine Nase. Um nicht den Eindruck einer vorschnellen Antwort zu geben überlegte er eine Weile.

„Ich meen, diese Nacht und noch eene, dann ies ar fertig."

Der alte Köhler war nie ein Freund großer Worte. So nickte er auch hier nur mit dem Kopf, tat es aber kräftiger als sonst, was der Sohn als große Anerkennung empfand.

In der vorletzten Nacht schlief Benedikt am Fuße des Meilers. Wärme strömte genug heraus. Besonders aber der Geruch des Rauches war es, der den Köhlersohn glücklich werden ließ. In der Gewissheit, alles gut versorgt zu haben, fiel der Junge in einen tiefen Schlaf.

Er begann zu träumen.

Pferdegeruch stieg in seine Nase. Hufklappern war zu hören. Das Schnauben eines Pferdes. Benedikt griff nach seinem Traumbild, wollte es festhalten, spürte einen unbeschlagenen Huf in seiner Hand. Ein großes Pferd musste es sein, eines, wie er zu erträumen nie gewagt … doch plötzlich befreite sich das, was er mit seinen Händen berührte.

Erschreckt fuhr Benedikt auf. Schlaftrunken blickte er sich um. Messer und Lanzen glitzerten im flackernden Schein auflodernder Flammen. Raue Männerstimmen überschlugen sich. Rösser schnauften. Der Junge wollte aufspringen, wurde aber gleich wieder zu Boden gestoßen.

„Der Meiler brennt! Ich muss ..."

„Was du musst, bestimmen wir."

Benedikt erkannte die Stimme sofort. Der Räuberhauptmann war es, dem er vor nicht allzu langer Zeit den blinkenden Taler gegeben hatte. Die Hoffnung, damit sein Wohlwollen erkauft zu haben, war also trügerisch gewesen. Hilflos lag Benedikt am Boden. Eine Lanze drückte auf seine Kehle. Immer höhere Flammen loderten aus seinem Meiler, drohten einen Haufen weißer Asche aus ihm zu machen.

Da kamen auch die Köhlerleute aus dem Haus gestürzt, ergriffen schnell die bereitliegenden Schaufeln und schlugen auf die Flammen ein. Mit Erde und Grassoden versuchten sie der Feuerzungen Herr zu werden, doch kaum war eines der Löcher gestopft, rissen die dunklen Gesellen laut lachend neue in den Meiler. Einem wilden Rundtanz gleich, sprangen die Köhlerleute im Kreis. Belustigt schlugen die Räubergesellen mit ihren Händen dazu den Takt. Der

Räuberhauptmann trat dem Jungen mit seiner Stiefelspitze in die Lende.

„Steh auf! Hol den Lederbeutel deines Vaters!"

„Zuerscht muss ich den Meiler ..."

„Du tust, was ich sage!"

Ein kräftiger Fußtritt traf den Jungen am Kopf. Als das der Köhler sah, stürmte er mit erhobener Schaufel auf den Räuberhauptmann zu. Der Köhler hätte ihn wohl erschlagen, wäre nicht einer der Ganoven zu Hilfe geeilt.

„He! He! Kamerad. Du willst doch die Feuerlöcher stopfen? Ist es nicht besser, du stopfst sie mit deinem Arsch?"

Mit festem Griff wurde der Koehler rückseitig an den Meiler geschoben. Schnell fingen seine Kleider Feuer. Als des Köhlers Weib das sah, schrie sie in ihrer Verzweiflung:

„Hier! Hier! Hier ist er, der Lederbeutel mit unseren ersparten Dukaten!"

Aus ihrem Umgebund zog sie den geforderten Geldbeutel und hielt ihn den Männern vors Gesicht. Gierig griff einer der Untergebenen danach, riss ihn der Frau regelrecht aus den Fingern und übergab ihn dem Anführer der Bande. Mit einem lauten Pfiff orderte der einen Mann herbei, dessen Gesicht den Köhlerleuten unbekannt war. Beim letzten Überfall war der, den sie *Bartel* nannten, nicht dabei gewesen. Es kamen nur selten Menschen in ihre Einöde, so fiel es ihnen nicht schwer, Gesichter in guter Erinnerung zu behalten.

„Zähl nach!", befahl der Hauptmann dem Neuen und warf ihm den prallgefüllten Beutel in hohem Bogen zu. Geschickt fing dieser *Bartel* das Säckchen auf, stieß aber sofort, ob des leichten Gewichts, welches er in seiner Hand verspürte, ein misstrauisches „Oh, oh!" aus. Aus der Gewissheit, die Räuber würden wiederkommen, hatten die Köhlerleute die großen Münzen ausgesondert und in einem alten Fuchsbau versteckt. Im Lederbeutel, der jetzt in der Hand des Banditen lag, waren lediglich die kleinen, gerade noch als Wechselgeld taugenden Münzen. Weil die Köhlersleute wussten, dass weder der Anführer noch einer seiner Gesellen des Rechnens kundig waren, glaubten sie, allein die Anzahl der Münzen sei für die Männer wichtig. So hofften sie, der prall gefüllte Beutel würde sie zufrieden stellen. Doch ihr Plan war schnell zerstört. Der, den die Räuber *Bartel* nannten, schien den Wert der Münzen zu kennen. Sorgfältig breitete er sein Wams auf dem Waldboden aus und schüttete den Beutel aus. Zum Beweis, keine Münze im Beutel zurück zu lassen, kehrte er das Innere nach außen und wedelte damit herum.

Bedächtig begann er dann zu sortieren.

Während diese Prozedur die Aufmerksamkeit aller Räuber bannte, klopfte die Köhlerin die Glutreste aus den Kleidern ihres Mannes. Der Junge aber tanzte wie wild um seinen brennenden Meiler und versuchte, die lodernden Flammen mit bloßen Händen auszuschlagen.

„Helft mir!", schrie er unentwegt. „Halft mir doch! Es ies doch mei Meiler, mei erschter Meiler! Der darf doch nich…"

Die Räuber scherte das alles recht wenig. Gespannt warteten sie darauf, was der Bartel sagen würde.

„Der Ritt hat sich nicht gelohnt. Es sind der Münzen viele, das schon. Im Wert sind sie aber erbärmlich."

Wütend sprang der Anführer auf sein Pferd und schrie von oben herab die Köhlerleute an:

„Ich werde euch zeigen was es heißt, mich zu betrügen! Vier Meiler habt ihr in diesem Sommer gebrannt, der Bartel hat genau gezählt. Wo haltet ihr die Taler und die Dukaten versteckt? Gebt sie heraus, oder ihr seid alle des Todes!"

Während die Frau noch immer an den Kleidern des Köhlers herum klopfte, sprang der junge Benedikt in völliger Verwirrung weiter um seinen Meiler herum, schlug mit bloßen Händen auf das Feuer ein, ohne den Flammen Einhalt gebieten zu können. Was er schrie, war nicht mehr zu verstehen. Die Laute überschlugen sich. Schrill und spitz schmerzten sie in den Ohren.

Der anscheinend recht kluge Bartel flüsterte indes dem Hauptmann etwas ins Ohr, was diesem zu gefallen schien. Ein Zeichen mit dem Kopf genügte, schon ergriffen die Räuber die Köhlersleute und führten sie vor das Pferd des Hauptmanns.

„Hört gut zu! Der Hinz schlägt jetzt dreimal die Trommel. Wenn bis zum dritten Trommelschlag das Geld nicht in meinen Händen ist, verbrennt ihr alle drei in eurem Meiler!"

Der genannte Hinz hob erschreckt den Kopf. Er wusste nicht so recht, auf was er schlagen solle, eine Trommel befand sich nicht in ihrem Gepäck. Mit dem Kopf wies der Bartel auf den großen Wasserkessel. Erleichtert atmete der Hinz auf, denn er wusste, was ihm geschehen würde, missachtete er einen Befehl des Hauptmanns. Kräftig schlug er mit seiner Axt auf den Kessel ein. Wäre dieser beim dritten Schlag nicht auseinander gebrochen, er hätte wohl auch ein viertes Mal darauf geschlagen.

„Bindet sie!"

Den Köhler und seine Frau zu binden bereitete keine große Schwierigkeit. Vom Kampf mit den Flammen ermüdet, war es ein Leichtes, sie in Stricke zu legen. Den wild um sich schlagenden Jungen einzufangen, gelang aber nicht. Wie ein Tobsüchtiger sprang er um den Meiler, schlug auf die Flammen ein, die nicht mehr zu bändigen waren und jammerte und kreischte, schrie laute unverständliche Worte, bis sich seine Stimme überschlug und endlich versagte. Eine unheimliche Stille breitete sich aus, nur das Prasseln der Flammen war noch zu hören.

Zwei Männer griffen nach dem Jungen, doch dieser riss sich los und sprang erneut um den Meiler herum.

„Lasst den Jungen."

Der Bartel war es, der diesen Befehl gab. Alle aus der Bande sahen sich verwundert an. Einen kleinen Moment zögerte auch der Räuberhauptmann, nickte dann aber mit dem Kopf, was wohl bedeuten sollte, dieser Bartel da, der spreche für ihn. Und Bartel redete weiter.

„Hört zu! Tote reden nicht mehr. Deshalb lassen wir sie leben. Die Alten nehmen wir mit. Wenn sie schlau sind, werden sie reden und uns ihr Versteck verraten. Den Jungen lassen wir hier. Wenn er weiß, wo das Geld vergraben liegt, wird er es holen und seine Eltern freikaufen. Kennt er das Versteck nicht, wird er es suchen. Bis er es findet!"

Für diese klugen Worte erhielt Bartel zustimmende Rufe. Dem Hauptmann klang das bitter in den Ohren. Um seine Befehlsgewalt unter Beweis zu stellen, rief er mit überschlagender Stimme:

„Brennt die Hütte nieder!"

Zwei Männer banden den Köhler und seine Frau auf die Rücken der Pferde, andere warfen glühende Scheite aufs Dach der Kate. Hell lodernd begann das Dach zu brennen.

Der Junge erstarrte. Stumm und reglos stand er und wusste nicht, was er tun sollte. Er wollte so vieles tun. Seinen Meiler retten – seinen eigenen, ersten Meiler! Und die Kate. Die Mutter wollte er befreien. Und den Vater auch. Doch die Welt war ihm längst entglitten. Er hörte nur noch die knisternden Flammen und den herzzerreißenden Schrei seiner Mutter.

„Benedikt!", schrie die Mutter, während die Männer mit ihr und dem Vater davon ritten. „Benedikt!", schrie sie. Immer nur: „Benedikt! Mein Benedikt!"

*

Als der Abend der trauten Weihnachtszeit gekommen war, den man seit altersher den *Heiligen Abend* nennt, saß die alte Walburga allein in ihrer Häuslichkeit. Rund um das Haus lag der Schnee hoch, was um diese Jahreszeit im Eulengebirge eine Selbstverständlichkeit war. Die Kräuterfrau hatte ihren Ofen reichlich mit Kienholz gefüttert, durch das offene Feuerloch fiel flackerndes Licht in den Raum. Die Wärme lockte nicht nur die Katzen an, auch die Enten und Hühner hatten sich ein warmes Plätzchen gesichert. Die beiden Ziegen ließen ihr sehnsüchtiges Meck-meck deutlich hören. Wären ihre Stricke nicht so kurz gebunden, sie hätten sich längst der bunten Gesellschaft beigemengt. Die Schafe blökten vom Stall herüber, als wüssten sie, dass ihre Herrin gerade dabei war, aus ihrer Wolle ein paar Socken zu stricken, groß genug für einen heranwachsenden Männerfuß.

*

Die Weihnachtstage vergingen und das neue Jahr begann. Der Junge, der vor mehr als einer Woche mit der Axt in den Wald gegangen war, einen Weihnachtsbaum zu holen, fehlte noch immer.

Ja, er fehlte dem alten Kräuterweib, das eigentlich ein Leben lang gewohnt war, in Einsamkeit zu leben. Sie wusste, ihre Jahre liefen langsam vorbei. Nach vorn denken hatte sie längs verlernt. Das Wort *Zukunft* war aus ihrem Wortschatz schon lange verschwunden. In den oft schlaflosen Nächten aber war ihr der Junge, den sie im Dorf noch immer den *Zwirlezwack* nannten, im Traumbild mehrfach erschienen. Nicht nur gesehen hatte sie ihn, sie hatte ihn berührt, hatte mit ihm an einem Tisch gegessen. Das konnten nicht alles Trugbilder gewesen sein. Und so saß Walburga am Fenster und hoffte, die Hitze des mit Buchenholz geschürten Ofens und die Wärme, die dem Jungen aus ihrem alten Herzen entgegenströmte, müssten genügen, ihn zur Heimkehr zu bewegen. Wüsste er gar, dass das Eckbauern-Dorle jeden zweiten Tag kam, um zu fragen: „*Wo ist er nur? Wo bleibt er nur?*" – und das in wirklicher Sorge, dazu die Hitze ihres jungen Leibes, der tausendmal mehr Wärme ausströmte, als alles andere in der Welt ...

„Er wird wiederkummen, doas gloob ich ganz bestimmt."

*

Blauschwarz lagerte der Winterhimmel auf den Bäumen. Die starken Äste waren es, die ihn hinderten, ganz auf die Erde zu stürzen.

Das Kräuterweib öffnete das Schürloch des gekachelten Ofens, damit die Flammen nicht nur Wärme in die Stube bringen, sondern auch Licht. Die einzige Kerze, die sie besaß, stand auf dem Sims des Fensters, welches dem Wald zugewendet war. Jeden Abend, sobald die Dunkelheit alles einhüllte, entzündete sie diese Kerze neu und löschte sie erst, wenn sie in ihre Kammer stieg. Das Kerzenlicht sollte dem Jungen den Weg weisen, käme er nur in die Nähe des Hauses.

Lange würde es nicht mehr leuchten. Der Stummel war kaum noch größer als ein Daumen. Walburga war sicher, der Junge würde das Haus auch in tiefster Finsternis finden, die brennende Kerze sollte ihm aber ein herzlicher Willkommensgruß sein, ihm kundtun: „Kumm ock heem!, ich wart auf dich".

Würde sie auch nur ein Sterbenswörtlein dem Dorle zuflüstern: ‚Es ist meine letzte Kerze', das Dorle würde heim eilen und neue bringen. Das wollte die Walburga aber nicht. *Ihre* Kerze sollte ihm heimleuchten; allein *ihr* Licht sollte es sein.

„Die Flamme, die eim Dorle brennt, doas ies eene ganz andere als die vun mir. Die junga Dinger sein halt hitziger als eene Aale. Aber meine Wärme ies es, die dam Jungen besondersch gutt tut", redete sie vor sich hin und strickte ihre unsteten Gedanken mit in den Socken hinein, an dem ihre Nadeln herumwerkelten.

Am anderen Morgen stellte die alte Frau zwei Tassen auf den Tisch, dazu zwei Teller. Darüber erschrak sie. An wen hatte sie wohl gedacht? An das Dorle oder an ihren Jungen?

„Eene tumme Aale bin ich, die besser doas Geziefer versurgen sullte, als dumme Gedanken zu füttern."

Mit dem Futtereimer für die Schafe, auf dem obenauf einige Äpfel lagen als Sonntagsgabe, stapfte Walburga hinüber in den Schafstall. Der Riegel stand offen.

„Ooch nee, ooch nee", laberte sie vor sich hin. „Bin ich itze schun plemplem? Passiert mir doas bei a Enten und Hühnern, dem Füchla wärs een Leichtes, eenen Festschmaus zu haaln."

Voller Ärger über sich selbst betrat sie den Stall. In böser Vorahnung begann sie, ihre Schäflein zu zählen, fürchtend, eines könne fehlen. Um der Kälte den Eintritt zu verwehren, ließ sie die Tür nur einen Spaltbreit offen. Im Halbdunkel des Stalls lagen die Schafe eng aneinander gedrückt und wärmten sich gegenseitig. So oft sie auch zählte, jedes Mal zählte sie eines zuviel. Vom Geruch der Äpfel aufgeweckt, erhoben sich die Schafe und kamen ihr entgegen. Eines blieb liegen. War es krank? Walburga wollte besorgt bei ihm niederknien, da sah sie zu ihrer Freude, wie sich die Gestalt vom Lager erhob, nicht auf vier, sondern auf zwei Beinen. Der *Zwirlezwack*, ihr Junge war wieder da.

„Ja, soag amol, Jungerle, warum schläfste bei den Schafen und kummst nich eis Haus rei?"

Der Junge hielt seine Arme wie zum Schutz dicht vor seinen Körper, als fürchte er sich. Sogar ein leichtes Zittern glaubte Walburga zu erkennen.

„Kumm ock", sagte sie deshalb, griff nach der Hand des Jungen, der sich zögernd führen ließ. Mit seinem freien Arm deutete er auf einen wunderschön gewachsenen Tannenbaum, der neben dem Stall im Tiefschnee steckte. Erstaunt blieb Walburga stehen, sah zuerst den Baum an, danach den Jungen.

„Ach, deshalb biste nich rei. Du hoast durchs Fanster gesahn, do stieht schun een Weihnachtsbaum, mit Äppeln und Strohsterna behängt?"

Der Junge nickte heftig mit dem Kopf.

„Das Dorle hoat mir doas Bäumla uffgestellt. Weestes nimmer? Du bist vier Tage vorm Heiligen Fest biste furt, wullst mir en Christbaam huln. Und erscht itze kummste wieder. Warum woarste denn aso lange weg?"

Voller Eifer versuchte der Junge zu reden. Seine Zunge schlug von der oberen Lippe zur unteren, trotzdem gelangen ihm keine klaren Worte. So nahm er seine Finger zu Hilfe, malte einen langen Strich in den Schnee. An jedes Ende bohrte er ein Loch. Danach fuhr er mit seinem Finger vom vorderen Loch zum hinteren, umkreiste es mehrfach und kam mit dem Finger zum vorderen Loch zurück.

Walburga musste nicht lange nachdenken, um den Sinn zu erfassen. Weil ihr das alles aber doch etwas unwirklich erschien, mühte sich sie mit der Schriftsprache ab, was ihr aber immer nur für wenige Worte gelang.

„Du bist hingelaufen, hast dort ein bisserle gesucht, und dann bist du wieder zurücke. Willste mir das sagen?"

Heftiges Kopfnicken bestätigte diese Deutung.

„Wenn du bluußig hin und her geloofen bist, musste aber weit geloofen sein."

Diesmal war das Kopfnicken kaum erkennbar. Die alte Walburga beschlich das Gefühl, er wolle ihr erklären, er sei wirklich nur hin und zurück gelaufen. Dabei musste er sich aber sehr weit von ihrem Haus entfernt haben.

„Warum denn blußig? Gabs hier ei der Nähe keen scheenes Bäumel?"

Der Junge senkte seinen Kopf, als schäme er sich.

„Nu, ich kann mersch schun denka. Du hoast gewusst, wu een besondersch scheener Baum stieht, und den haste mir bringa wulln?"

Langsam hob sich der Kopf.

„Doas war aber weit weg vun hier."
Wieder ein leichtes Nicken. Im Gesicht des Jungen zuckte es. Walburga sah, wie es in ihm brodelte. Da glaubte sie plötzlich, des Rätsels Lösung zu kennen. Auch wenn sie nicht wusste, wie er reagieren würde, wagte sie ihm die Frage zu stellten, welche sie schon all die Tage und Nächte gequält hatte.

„Warste wull dorte, wo du derrheeme[18] bist?"

Der Junge begann heftig zu schluchzen. Sein Blick ging zum Waldrand hin, Walburga fürchtete schon, er wolle weglaufen. Dann stürzte der *Zwirlezwack* plötzlich nach vorn und barg sein Gesicht in den Kleidern der alten Frau. Sein stilles Weinen drang bis tief in Walburgas Leib. Mütterlich umfasste die Alte den bebenden Körper des Jungen und führte ihn ins Haus.

„Kumm, setz dich ock, es ies schun uffgedeckt."

Mit Erstaunen sah der Junge zwei Tassen auf dem Tisch stehen, zwei Teller. Im Korb lagen zwei Keile Brot, daneben zwei rotbackige Äpfel. Unverständliches murmelnd trat er an den Tisch.

„Satz dich ock", beeilte sich Walburga zu sagen und spürte gleichzeitig das stolze Gefühl, noch immer die Gabe des Voraussahnens zu besitzen. Schnell holte

---

[18] daheim

sie den kleinen Kerzenstummel vom Fenster, entzündete ihn am Herd mit einem Holzspan und stellte ihn auf den Tisch.

„Weeßte, ich will goarnich nich wissen nich, warum de asu lange weg warscht; wichtig ies es, doass de wieder bei mir bist."

Es blieb aber der Irrtum zu glauben, offene Fragen würden sich auflösen wie der Rauch einer ausgeblasenen Kerze. Auch in Walburga rumorte es weiter. Warum war er nur so lange fort? Sie glaubte, der Junge habe einen bestimmten Baum holen wollen, einen Baum, von dem er wusste, wie gerade er gewachsen war. Für Hin- und Rückweg hatte er aber über eine Woche gebraucht. Wo mochte er nur gewesen sein? Vielleicht dort, wo er früher gelebt hatte?

Einen anderen Gedanken, der in ihr kreiste, wollte sie nicht laut werden lassen. War er doch ein Waldschrat? Dann war er auf der Hohen Eule. Gehört hatte sie einmal, bis dorthin muss ein Mann drei Tage laufen. Drei Tage hin, drei zurück. Das könnte passen. Doch da hinaufsteigen soll sehr gefährlich sein, besonders im Winter. Die Leute erzählen sich: *‚Auf der Hohen Eule lungern die Seelen von ungetauft Verstorbenen herum, denen die Auffahrt in den Himmel verweigert wird.'*

Walburga drehte sich abrupt zur Seite. Am liebsten hätte sie sich selbst eine Maulschelle verpasst. Wie konnte sie nur an so etwas denken?

War es nicht eine Freude zu sehen, wie der Junge kräftig ins Brot biss. Er war wieder da, hatte bei den Schafen im Stall gelegen und damit den heutigen Tag zum richtigen Weihnachtsfest gemacht. Von einem fahrenden Händler hatte Walburga einmal gegen fünf Eier ein Bild erworben, auf dem den Hirten in Bethlehem die gute Botschaft verkündet wird. Darunter stand geschrieben: *Ihnen ist eine große Freude widerfahren* – und so fühlte sie sich in diesem Moment.

Doch ihr Glücksgefühl dauerte nicht lange.

Die Tür wurde aufgerissen, ein Schwall kalter Luft wehte in die Stube und ließ die Kerze flackern. Früher hatte das Dorle stets sittsam an die Tür gepocht und gewartet, bis die Walburga öffnete.

„Sei mer ock nich beese, doas ich asu reiplatzen tu", plusterte das Dorle. „Oaber is bläst heit su een kaaler Wind von der Huha Eule runter. Doa müssa wuhl gleich mehrere Ungetaufte gesturben sein, wenn's von durt uba asu runterpeitscht ..."

Weiter kam das Mädchen nicht. Sie sah den *Zwirlezwack* am Tisch sitzen, griff sich ans Herz und trat ängstlich einen Schritt zurück. Der Junge, eben noch kräftig in den Apfel beißend, sprang auf, suchte mit weit aufgerissenen Augen nach einem Weg, auf dem er fliehen könnte, doch Walburga hielt ihn am Arm fest.

„Bleib hier, doas ies nur das Dorle. Vor der musste keene Angst haben nich."

Durch den Körper des Jungen lief ein Zittern. Wovor er sich so arg fürchte, fragte sich die alte Frau und hielt seine Hand fest. Vor dem schüchternen Mädchen mit ihrem bunten Käppchen sicher nicht. Seine Furcht musste aus einer tieferen Wurzel wachsen. Hatte er sich nicht auch vor ihr gefürchtet, einer alten Frau? Tagelang hatte sie ihm damals zugewinkt, bis er den Mut fand, sich ihrer Kate zu nähern. Die Menschen allgemein mussten es sein, denen er nicht über den Weg traute. Viel Böses müssen sie ihm zugefügt haben, die Menschen.

Es blieb aber keine Zeit, jetzt Fragen zu stellen. Als Walburga sah, wie auch das Mädchen Schritt um Schritt zurückwich, hin zur Tür, sagte sie schnell:

„Satz dich ock, Dorle. Satz dich drüba uffs Ufabänkla. Koannst dich derweil uffwärma. Bist ja vum Winde ganz durchgebloosen."

Derweilen hielt sich der Zwirlezwack mit beiden Händen an der Tischplatte fest. Ohne ihren Blick von dem Jungen abzuwenden, ging das Dorle rückwärts zum Ofen und setzte sich zaghaft hin, ohne Mantel und Mütze abzulegen. Walburga stellte sich zwischen die beiden und stützte ihre Arme in die Hüften. Breitbeinig stand sie da und drehte ihren Oberkörper mal zum Ofen, dann wieder zum Tisch. Nur durch viele Worte glaubte sie, die Erregung, die wie eine Gewitterwolke in ihrer kleinen Stube waberte, dämpfen zu können. Deshalb wollte sie reden, viel reden.

„Weeßte, Junge, das Dorle hoat sich ieber die ganze Weihnachtswuche um mich gekümmert. Sie hoat mir frisches Fleesch gebracht. Und Würschte. Der Eckbauer, was dem Dorle sei Vater ies, der hoat vor dem Heiliga Fest een grußes Schwein geschlacht. Das Dorle hoat mir frische Brühe gebroacht. Und Wellfleesch. Ooch een Schweinsohr und zwee Vorderfieße für die Sülze."

Die Erregung des Jungen war noch immer deutlich zu erkennen. Walburga redete deshalb schnell weiter, immer weiter. Sie erzählte vom schlechten Wetter in der Weihnachtwoche.

„… und stell dir vor, nich eenmal der Schneesturm hoat doas Dorle uffgehaaln[19]. Durch a tiefsta Schnee ies doas Madel gestampft. Gefährlich ies doas gewaast. Sugar Wölfe ham ganz ei der Nähe geheult. Gesahn hoab' ich keene nich, oaber ihr schreckliches Geheul is mer

---

[19] aufgehalten

durch Mark und Beene gefoahrn. Ganz nah müssens gewast sein, die Wölfe." Trotz der vielen Worte wollte das Zittern des Jungen kein Ende nehmen. So redete die Walburga einfach weiter. „Eenmal hoat mich mei Rheuma im linken Been gezwickt. Fürchterlich woar doas, konnst mirs glooben. Doa hoat das Dorle für mich die Schafe gefüttert, hoat die Rüben geschnitzelt und doas Heu vom Dachboden runtergehult."
Und die Walburga redete weiter. Jede Kleinigkeit wurde erwähnt, jeder Handgriff. Welche Freude sie gehabt habe über alles, was das Dorle ihr geholfen habe. Gerade weil Weihnachten war, weil sie Weihnachten allein gewesen sei – und während sie so redete, vom Dorle erzählte und immer wieder vom Dorle, erschrak sie plötzlich über ihre eigenen Worte. Würde der Junge das mit dem Alleinsein vielleicht als Vorwurf verstehen? Das wollte sie nicht. Deshalb lenkte sie das Gespräch in eine andere Richtung. Sie begann das Dorle zu loben. Erzählte, wie tugendsam das Mädchen sei, wie liebevoll. Als sie das Wort *liebevoll* aussprach, freute sie sich über sich selbst. *Liebe-voll*, besser hätte sie das Dorle nicht beschreiben können.

Man musste ja nur hinsehen, wie sie so auf der Ofenbank saß, das Dorle. Ihr puterrotes Gesicht kam bestimmt nicht nur von der Wärme des Ofens. Wie sie den

Jungen anstarrte, mit glühenden Augen – dafür gab es kein besseres Wort als: *Liebe-voll.*

Das alles ging der Walburga durch den Kopf, sie sprach es aber nicht aus. Auch nicht ihre nächsten Gedanken: ‚Ich muss Schluss macha mit dem Gelaber, das Dorle muss heem. Doas is einfach zu viel, für den Junga oan eenem Tag.'

„Weeßte, doas Dorle hoat noch eenen weiten Weg. Und weils Dorle asu gutt kochen kann, muss se rechtzeitig zu Mittag wieder derheeme sein, weil se der Mutter helfen muss."

Es dauerte, bis das Mädchen diese Worte begriff. Zögernd stand sie auf, machte einen Knicks in Richtung zur alten Walburga und stürmte, nicht ohne noch einmal einen langen Blick auf den *Zwirlezwack* gerichtet zu haben, zur Tür hinaus.

*

„Ar ies wieder do!"

Was das Eckbauern-Dorle gleich nach ihrer Heimkehr voller Freude in die Bauernstube rief, blähte sich auf. Kaum hatten die vier Worte ihren erregten Mund verlassen, lösten sie Argwohn aus, im Nachhall auch Besorgnis. Zuletzt sogar Angst.

Er ist wieder da!

Wie ein Schwarm wilder Bienen schwirrte der Ruf durchs Dorf. Doch das

genügte den Leuten nicht. Vom Dorle wollten alle diese vier Worte hören, direkt aus ihrem Mund. Zuerst kamen die Weiber zum Eckbauern in die niedrige Stube. Dann auch die Männer. In der Enge des Raums quollen wilde Gedanken auf. Böse Ahnungen wurden ausgesprochen. Verwegene Schlussfolgerungen gezogen.
„Ich weeß nich, ich weeß nich. Wer genau an den heiligen Weihnachtstagen verschwindet, wer die Geburt des Erlösers nich feiern tut, der stieht bestimmt mit dem Teifel eim Bunde!"
„Dieser *Zwirlezwack* ies een Ungetaufter, jetzt gloob ichs ooch."
„Na kloar, ies er doas."
„Uff der Hohen Eule werd er gewast sein, ei der Heiligen Nacht."
„Natürlich."
„Weils aso fürchterlich gestürmt hat ei der Heiliga Nacht!"
„Nu ies ar wieder da ...",
„... nich amal der Teifel hoat ihn gewullt."
„Der ist keen Mensch nich!"
„Een Waldschrat ist er, dieser *Zwirlezwack*!"
„Waldschrate besitza keene Seele nich ..."
„... die verloren gieht."
„... und jetzt nistet ar sich wieder eim Hexenhause ei!"
„Gott bewahre uns vor diesem Übel."

Nach diesen letzten Worten riefen alle gleichzeitig und laut:
„Amen!"
Sie bekreuzigten sich. Doch kaum war das Wort verklungen, brodelte es wieder. Einer versuchte den anderen mit bösen Prophezeiungen zu übertreffen. Das Eckbauern-Dorle wollte die bösen Worte nicht mehr hören. Sie flüchtete in den Stall und verbarg sich voller Angst hinter den wiederkäuenden Kühen. Wäre sie geblieben, was hätte sie antworten sollen? Ein falsches Wort von ihr hätte genügt, den Vater zum Rasen zu bringen.

Was sollte sie nur machen? Weglaufen? Weit weg? Wohin? Oder auf immer bei der Walburga bleiben? Mit Sensen und Dreschflegeln würden sie kommen, sie heim zu treiben.

Sie hatte den *Zwirlezwack* gesehen, mit eigenen Augen. War ihm nahe gewesen. Hatte gespürt, was ein junges Mädchen so spürt. Dieser Junge war ein normaler Mensch, auch wenn er nicht sprechen konnte. Alles andere aber war wie bei einem richtigen Mann. Zu gern würde sie sich ihm anvertrauen. Anvertrauen mit allem, was sie besaß: mit ihrer Seele und auch mit ihrem Körper. Und während sie, den Tränen nahe, hinter der kauenden Kuh hockte, kam ihr eine seltsame Frage in den Sinn.

‚Woas ies ärger, wenn mans verliert: die Seele, oder die Jungfräulichkeit?'
Weil ihr die Kuh keine Antwort gab, zog sie das schnurrende Kätzchen in ihren Schoß und begann es zärtlich zu streicheln.
„Weeßte, Minka, du bist doch schlau. Bis nuff uff die Huhe Eule braucht eener drei Tage, doas ham doch die Wanderburschen immer erzählt. Doa könnt's doch sein, der *Zwirlezwack* hoat bei dem huhen Schnee hin und zurücke eene gute Wuche gebraucht. Es woar ja dieser fürchterliche Sturm ei der Heiliga Nacht. Wenn der *Zwirlezwack* nu werklich uff die Hohe Eule naufgestiegen ies, und ar ies een Ungetaufter, weeßte, doa wird ar eim Himmel nich uffgenommen nich. Doas war schun immer asu. Ei die Hölle nei ist er oaber ooch nicht gefahrn, also wullt der Teifel seine Seele ooch nich."
Zu all diesen kruden Gedanken schwieg auch das Kätzchen. Es wusste nicht mehr vom Leben als das Dorle. Das Dorf, der Acker und ein kleines Stück am Waldrand entlang, größer war ihrer beider Welt nie gewesen. Was die Eltern so erzählten von ‚*hinter dem Wald*', war bislang für Mädchen und Katze reine Fantasie geblieben. Nur die Wanderburschen wussten, was und wie es hinter dem Wald aussah. Ob man ihnen aber alles glauben durfte, was sie

erzählten? Während das Dorle so nachsann, begann das Kätzchen in ihrem Schoß zu schnurren. Der ganze Körper des Tieres vibrierte. Wie Wellen übertrug sich das Wohlgefühl auf das Mädchen. Und wie sie das so spürte, wie es im Bauch zuckte, da wurde für sie immer klarer: Ihr Körper war es, der die untrügliche Antwort wusste: ‚Den *Zwirlezwack*, den mecht ich für mich!'

Entschlossen erhob sie sich. Noch einmal streichelte sie das Kätzchen wie zum Dank für seine Wärme, setzte es ins Stroh. Mutig ging sie zurück zum Haus. Was der Vater auch sagen würde, ihr Weg stand für sie fest. Trotzig stapfte sie neben der freigeschaufelten Spur durch den Tiefschnee. Bevor sie die Stube betrat, überfiel sie jedoch ein Zögern. Alle würden gegen sie sein, doch die Botschaft der Katze durfte nicht verloren gehen. So riss sie die Stubentür auf und schleuderte ihren vorbereiteten Satz in die erregte Menge:

„Die Walburga hoat gesoagt, der *Zwirle*..., der Junge ies een ganz normaler Mensch. Eener wie mir."

Alle, die noch versammelt waren, blickten sie erstaunt an.

„Von wem sprichste denn?"

„Von dem Junga ... der bei der Walburga lebt."

„Der, der ... von dem *Zwirlezwack*?"

Bevor das Dorle antworten konnte, flogen ihr aus allen Ecken böse Sätze entgegen.

„Wer keenen christlichen Namen hoat, der ..."

„*Zwirlezwack!* Weeßt du, wie doas klingt?"

„... nach Luzifer!"

„Die aale Kräuterhexe ..."

„... die sich eim Walde vergassa hoat mit dem Teifel ..."

„... die werd ihr eignes Geschöpf nich verleugnen nich."

„Wer keenen christlichen Namen hoat, der ies ooch keen Mensch nich."

Mit lauter Stimme versuchte das Dorle das Wörtergewirr zu durchdringen:

„Ar hoat bestimmt eenen christlichen Namen, ar koann ihn nur nich aussprecha."

„Weil er ne Teufelszunge hoat ...", kam als Antwort.

„... bellen kann er ..."

„... wie dem Teufel sei Hund ..."

„... bei meiner heiligen Seele schwör ich's, ich hab's selber gehiert, wie dieser *Zwirlezwack* gebellt hoat", rief eine Nachbarin und eine andere stimmte zu: „Ja, doas stimmt ... bellen. Richtig gebellt hoat ar."

„... wie een Hund!"

„… und nachts werd er heulen, wie die Wölfe. Man hoat's blußig noch nich gehiert nich …"

„… weil sich keener mehr naus traut, ei der Nacht."

Am liebsten wäre das Dorle wieder hinausgestürmt, aus dieser Giftküche. Doch wo sollte sie hin? Es gab nur zwei Wege: Zurück in den Stall, oder zur Walburga. Die hatte sie heimgeschickt. Als aufdringlich würde sie sie empfinden, käme sie schon wieder. Vielleicht auch der *Zwirlezwack*?

*

Scheit um Scheit stopfte die alte Walburga ins Feuerloch, stocherte mit dem Schürhaken nach. Die Funken stoben hoch auf. Auch in ihrem Kopf rumorte es.

„Ich weeß nich, der Junge ies wie verwandelt. Wie ar nach der Weihnacht uffgetaucht ies, doa woar ar asu, man mecht soagn, eene gruße Traurigkeit woar in ihm. Eene Schwermut."

Zu gern hätte sie gewusst, was ihn so verändert hat. Doch die alte Frau besaß Lebensweisheit genug und wusste, neugierige Fragen, wie: „Was hast du nur?" oder „Erzähl es mir halt!", taugen nicht als Schlüssel, Geheimnisse zu entlocken. „Gib ihm Zeit", redete sie sich ein. „Ooch doas dickste Geschwür platzt eenmal uff. Wenn er nur natschen[20] könnt,

---

[20] weinen

der Junge. Tränen sein doas beste Heilwasser."
Weil auch Wärme jede Heilung fördert, blieb sie am Ofen sitzen und schob neue Holzscheite in die gefräßigen Flammen. Doch die Unruhe des Feuers schien sich auf den *Zwirlezwack* zu übertragen. Von Minute zu Minute begann es immer stärker in ihm zu brodeln. Das Knistern und Knacken der sich gegen den Flammenfraß wehrenden Holzscheite übertrug sich auf ihn, das Flackern der Flammenzungen spiegelte sich in seinen Augen. Immer verstörter blickte er sich um. Ein Zittern lief von den Schultern hinab zu den Händen, zaghaft begannen seine Finger auf die hölzerne Tischplatte zu klopfen. Zuerst leicht, dann immer kräftiger. Der gesamte Körper des Jungen begann zu beben. Plötzlich sprang er auf, kniete vor Walburga nieder und drückte seinen Kopf in ihren Schoß. Sein heftiges Schluchzen erbarmte sie. Der alten Frau war es, als stoße der Junge einen klagenden Ruf aus. Ihr klang es wie: „Muttel. Muttel."

Der Walburga bebte das Herz. Sollte er sie damit meinen? Wollte er ihr sagen, sie solle seine Mutter sein? Hatte sie sich nicht darum bemüht schon vom ersten Tage an? Allein, dass sie den Namen *Zwirlezwack*, den die Dörfler so höhnisch aussprachen, nicht mehr in den Mund nahm, sollte ihm doch eine Antwort sein. Für sie war er der *Junge*. Manchmal sagte sie *mein Jüngerla*, was ihrer Meinung nach zärtlicher klang. Vorsichtig hob sie ihre Hand und streichelte ihm über den Kopf. Sie glaubte, ihren Jungen nun endlich verstanden zu haben. Da vernahm sie ganz deutlich ein anderes, in ihren Schoß gestammeltes Wort: „Vater!"

Wie sollte sie das begreifen? Kaum war sie in die ersehnte Mutterrolle geschlüpft, brach ihre Gedankenwelt wieder zusammen. Das gestammelte *„Vater"* ließ ihre Utopie einstürzen. Sie drehte sich zur Seite, nahm den Feuerhaken und stocherte in der Glut herum. Zum gestammelten Wort *Mutter* nun auch das Wort *Vater* ... da endlich begriff die alte Walburga, was in dem Jungen vorging. Er wollte ihr von seinen Eltern erzählen.

Vorsichtig hob sie seinen Kopf. Sie wollte die Augen des Jungen sehen.

„Du ... du warst bei deiner Muttel ... und bei deinem Vater."

Die Frau spürte eine Bewegung in ihren Händen. War es ein *Ja*? Oder ein *Nein*? Aber die verweinten Augen gaben ihr eine Antwort: der Junge trauerte um seine Eltern.

Noch in der Nacht verbannte Walburga den alten Weihnachtsbaum aus der Stube und stellte dafür die wunderbar gewachsene Tanne, die ihr *Jüngerla* mitgebracht hatte, neben den Esstisch und behängte sie mit Strohsternen und Äpfeln. Der Junge schien das am Morgen nicht wahrzunehmen. Sein Blick kroch am Boden entlang, seine tränennassen Augen zeigten ihm keine klaren Bilder. Erst als die zweite Nacht vorbei war und der dritte Tag begann, kroch der *Zwirlezwack* aus seiner Traurigkeit heraus. Die Walburga freute es. Sie glaubte sogar gesehen zu haben, wie ihr Junge mit einem Lächeln im Gesicht sanft die Zweige seines Weihnachtsbaums streichelte.

„Ich muss viel mit ihm reden", befahl sich die Kräuterfrau einer plötzlichen Eingebung folgend. „Er hat *Muttel* gesagt, und er hat auch *Vater* gesagt. Alles Sprechen ist bei ihm also nicht verloren gegangen."

Auf das, was der Junge in der Zeit seines Wegseins erlebt hatte, darauf wollte sie ihn aber noch nicht ansprechen. *Alte Wunden reißt man nicht auf!*, diesen Spruch hatte sie einmal gehört und wollte ihn nun beherzigen. So plauderte sie mit ihm über das Wetter, über den vielen Schnee, der gerade in diesem Winter vom Himmel gefallen sei. Den großen Holzvorrat lobte sie, den er herbeigeschafft hatte. Von den Tieren sprach sie, erzählte langatmig, wie verwundert die Schafe waren, ihr Futter von einer alten Frau und nicht von einem jungen Mann zu bekommen. Laut geblökt hätten sie, als wollten sie sich beschweren. Walburga redete und redete. Über alles Wichtige sprach sie und über alles Nichtige. Sprach über Gott und die Welt - und zuletzt redete sie auch noch über das Dorle.

„Weeßte", sagte sie, und mühte sich ganz langsam und deutlich zu sprechen, „das Dorle, doas ies een ganz liebes Madel. Wer eenmal das Dorle als Frau kriegt, der koann sich beglückwünschen. Doas Madel koann arbeiten. Und sauber ies se ooch. Die bringt sicher hübsche Kinder zur Welt, wenn se den richtigen Moann dazu hoat. Aber wer weeß, ob das Dorle überhaupt eenen findet. Hier zu uns ei die Einöde, da kummt asu leicht keener. Und die junga Männer, dies hier eim Durfe gibt, die sein alle schun versprochen. Es wär höchstens, doass eene Bäuerin früh stirbt, und der Bauer hult sich so een junges Ding eis Haus. Uuf eenem Bauernhuf, doa gibts nun eenmoal viel zu tun. Alleene sein, bis eis huhe Alter nei, ach weeßte, doas ies nich scheen nich. Weder für een Weib, und schun goar nich für eenen Mann."

Während sie so redete und redete, saß der Junge in der Ofenecke und schnitzte mit einem großen Messer an einem Holzscheit. Es war ein Stück Lindenholz, von dem sich die Späne leicht abheben ließen. Ein großer Löffel sollte wohl entstehen, mit dem man leicht das Futter für die Tiere umrühren konnte. Dass ihr Junge solche Fertigkeiten besaß, machte Walburga stolz - aber die nächsten Gedanken ließen sie unruhig werden. Leise murmelte sie vor sich hin und wunderte sich nicht einmal, den Jungen plötzlich wieder den *Zwirlezwack* zu nennen.

„Wuher hoat ar blußig doas Messer? A sulch een Messer hoab ich in meim Haus noch nie gehoat nich. Ar muss es mitgebroacht ham, als ar über die Weihnacht furt woar. Oder ob een Bauer doas Masser eim Walde verloren hoat? Bei dam huha Schniie koann eener een Masser nich finden nich. Die Geheemnisse um den *Zwirlezwack,* die wern fier mich immer greeßer."

Am nächsten Morgen trug der Junge zwei Eimer mit Futter für die Schafe zum Stall. Noch immer war seine Ängstlichkeit allgegenwärtig. Auf dem Weg zum Stall sah er, wie sich noch weit in der Ferne über dem glitzernden Schnee etwas bewegte. Vorsichtig setzte er die Eimer ab und hielt seine Hand schützend über die Augen. Ein rotes Käppchen leuchtete. Da wusste er sofort, wer sich dem Waldhaus näherte.

Einen Moment lag überlegte er, ob es besser sei, die nächsten Stunden im Schafstall zu verweilen oder in den Wald zu laufen. Doch dann beschloss er, seinem Tagwerk weiter nachzugehen. Als er die Eimer wieder aufheben wollte, hörte er einen Schrei, der wie ein Hilferuf klang. Von der roten Kappe war nichts mehr zu sehen. Das Dorle musste im Tiefschnee versunken sein.

Da gab es für den Jungen kein langes Überlegen. Mit wild rudernden Armen stürmte er durch den Schnee, suchte die Stelle, an der er das leuchtende Rot zuletzt gesehen hatte. Und er fand das Dorle, bis an die Hüften eingesunken im Schnee. Ihr Mund war noch geöffnet vom Schrei – oder war es das Erstaunen über das hilfreiche Gesicht, welches über ihr erschien?

Dem Jungen war es gleich. Er wollte zupacken, das Dorle befreien, wusste aber nicht, ob und wo er es anfassen dürfe. Deshalb warf er sich vor das Mädchen hin und scharrte, wie Hunde nach Wildkaninchen graben, den Schnee mit den Händen weg. Bis zu den Knien des Mädchens kratzte er alles weg. Das Dorle wagte nicht, sich zu bewegen, hielt dann aber dem *Zwirlezwack* die Hand entgegen und hoffte, er werde sie aus dem Schneeloch herausziehen. Der Junge scheute sich, die dargebotene Hand zu ergreifen. So musste das Dorle mühsam von selber herauskrabbeln. Verlegen klopfte sie an ihrem Mantel herum. Um ihm zu danken, mühte sie sich, nach der Schrift zu reden.

„Du hoast mir mei Laaba ... du hast mir mein Leben gerettet. Begleitest du mich noch bis zum Haus der Walburga, damit mir das nicht noch einmal passiert?"

Der *Zwirlezwack* nickte mit dem Kopf, wagte es aber wieder nicht, nach der nahen Hand des Mädchens zu greifen. So stapften die beiden dicht nebeneinander auf das Kräuterhaus zu. Keiner wagte es, dem anderen ins Gesicht zu blicken. Die Furcht, ihre Blicke könnten einander begegnen, war bei beiden groß. Dass die langen weißen Fahnen ihres keuchenden Atems sich vermischten, dagegen konnten sie nichts tun.

Auch Walburga hatte den Hilfeschrei gehört. Vom Fenster aus hatte sie alles mit angesehen. Nachdenklich bewegte sie ihren Kopf hin und her. Wieder spürte sie ihn, den Moment, in dem die Kümmernisse des eigenen langen Lebens sie überschwemmten. Wie oft hatte sie sich allein aus tiefem Schnee befreien müssen. Nie hatten sie starke Männerarme frei gegraben. Nie hatte sie ein Mann zu ihrer Kate begleitet. So war es gewachsen, ihr Alleinsein; hatte sie darin alt werden lassen. Wenn der Himmel kein Einsehen hat, bleibt dem Menschen nur Leere und Einsamkeit. Wehmütig strich sie sich übers Gesicht und öffnete weit ihre Tür.

„Ar hoat … er hat mir das Leben gerettet!", war das erste, was das Eckbauern-Dorle in die Stube rief. ‚Du hättst dich ooch selber frei gestrampelt', dachte Walburga in der Stille. Laut sagte sie:

„Ies is halt gutt, doass der Junge wieder bei mir ies."

„Ja, der *Zwirle*…", erschrocken brach das Dorle den begonnenen Satz ab. „Der Junge hat mir das Leben gerettet."

„Loass nur gutt sein. Ar hoats sicher gern gemacht."

Während die Alte dem Dorle aus dem Mantel half, war der *Zwirlezwack* längst wieder bei den Schafen.

„Kumm ock, Madel, een Schluck vun meim Kräutertee tutt dir gutt."

Das Dorle fasste sich an den Mund. Es war aber nicht der heiße Tee, der auf ihrer Zunge brannte, es war eine Frage, die jetzt endlich gestellt werden musste.

„Hoat er noch immer keenen Namen nich?"

„Wer?"

„Du weeßt schun, wen ich meene. Der, du weeßt schun … den sie eim Durfe den *Zwirlezwack* nennen."

„Heest du ihn nich ooch asu?"

„Nu ja, nu. Aber doch nur, weil ich seinen richtigen Namen nich weeß. Im Durfe sagen sie, wer keenen christlichen Namen nich hoat, der ies ooch keen richtiger Mensch nich."
„Er ist ein Mensch."
„Könnten mir nich ... ich meene du, kannst du ihm nicht einfach eenen christlichen Namen geben?"
„Ar will nicht."
„Will nicht? – Warum? Ies ar gar keen Christ nich?"
„Ar ist ein Christ."
„Und woher weeßte doas?"
„Weil ar das Kreuz schlägt, bevor ar eis Brot neibeißt."
Dem Dorle stieg die Röte ins Gesicht. Nicht vor Freude, sondern aus Scham. Weder Vater noch Mutter schlugen das Kreuz, bevor sie sich den Bauch voll stopften. So hatte auch sie es nicht gelernt. ‚Ab sofort will ich immer das Kreuz schlagen, sobald ich einen Kanten Brot zum Munde führe' – schwor sich das Dorle im Stillen, während sie laut sagte: „Geredet hoat ar! Stell dir das vor, Walburga, ar hoat mit mir geredet! Genau hoab ich's gehiert. ‚Kumm', hat ar gesoat, als ich eim Schnee festgesteckt bin. Werklich. Ganz deutlich hoat ar's gesoat. Ich hoab's genau gehiert. ‚Kumm', hoat ar gesoagt."
Wieder stieg ein Gefühl der Eifersucht ins Herz der alten Frau, als buhlte sie mit

dem Dorle. In diesem Bewusstsein spielte sie jetzt ihren Trumpf aus.

„Bei mir hoat er noch viel mehr gesprochen. ,*Muttel*' hat ar gesoat. Und ooch,*Vater*'. Ganz deitlich hoat ar's ausgesprochen. Ich bin mer sogar sicher, könnt man ihm seinen eigenen Namen vorsprecha, ar würd ihn nachsprechen."

Den Eifer, der ihr entgegenschlug, spürte das Mädchen nicht.

„Wenn er een Christ ies, dann hoat er ooch eenen christlichen Namen. Gloobste, wenn ich ihm alle christlichen Namen, die ich kenn, vorsprechen tu, dann würd er bei einem plötzlich schrein: Ja, doas ies er, doas ies der meine!"

Die alte Walburga wandte sich ab.

„Kann schun sein, kann aber ooch nich sein. Versuchs halt."

„Willste mir nich helfen dabei?"

„Ich hoabs schun probiert. Als ich *Bonifaz* gesoat hoab, ies ar traurig und wütend gewurden. Warum weeß ich nich. Du sulltest dich davor hüten, den Namen Bonifaz auszusprechen."

Vom Hausflur her drang das Klappern der Futtereimer in die Stube. Bevor der *Zwirlezwack* in seine Schlafkammer flüchten konnte, rief ihm die Walburga zu:

„Junge, kumm amol rei. Das Dorle will nochamol *Dankscheen* sagen, weil du se aussem Schniee rausgezogen hoast."

Nur zögerlich öffnete sich die Stubentür. Walburga sah sofort das fremde Messer, welches ganz vorn am Hosengurt des Jungen hing. Missbilligend schüttelte sie mit dem Kopf.

„Legs Masser uff a Schrank nauf", sagte sie wie beiläufig, „dann weeßte immer, wo's liegt."
Verschämt drehte sich der *Zwirlezwack* zur Seite. Das Eckbauern-Dorle räusperte sich verlegen, hoffend, der Junge werde sie anschauen.

„Dankschön möcht ich dir sagen." Sie machte sogar einen leichten Knicks dabei. „Weeßte, es wär viel scheener, ich könnt dich bei deinem Namen nennen. Aber ich weeß ihn ja nich. Wenn ich sagen könnt: Lieber Max, oder lieber Franz, doas wäre viel scheener. Doass ich Dorle heeß, doas weeßte ja schun. Es redet sich immer viel leichter, wenn man den Namen kennt. Weeßte, ich ... ich..."

Vor Verlegenheit begann das Mädchen zu stottern und war froh, als ihr die Walburga zu Hilfe kam.

„Ies Dorle meent, wenn se den Namen wisste, mit dem dich deine Muttel gerufa hoat."

„Ja, deine Mutter! Und dein Vater ooch."

Erschreckt drehte sich der Junge den Frauen zu. Seine Lippen bewegten sich. Es dauerte eine Weile, dann kamen erneut die Worte *„Muttel"* und *„Vater"* aus seinem Mund. Zum ersten Mal hörte das Dorle seine Stimme. In ihrem Glück hätte sie am liebsten dem *Zwirlezwack* gleich alle Namen vorgesagt, die ihr in der Schnelle eingefallen wären. Christliche Namen. Am besten nach dem Abc, um nicht durcheinander zu kommen. Mit A würde ihr mancher Name einfallen, doch schon dem *Anton*, abgeleitet vom Heiligen Antonius, verweigerte sie sich. Dieser Name würde sie stets an den Anton vom Kienbauern erinnern, den sie so gern zum Mann gehabt hätte. Wenn nicht mit A, dann halt mit B. Doch die Walburga hatte sie gewarnt, den Namen *Bonifaz* auszusprechen. Welchen christlichen Namen gab es sonst noch mit B?

„Hoat dich deine Muttel vielleicht Benedikt genannt? Nach dem Heiligen Benediktus?"

Als das Dorle den Namen Benedikt langsam und betont aussprach, drehte sich der Junge ihr zu. Seine Augen begannen zu glänzen. Seine Hände griffen in die Luft, als wollten sie etwas festhalten. Die alte Frau und das Dorle schauten sich verwundert an. Und während sie so verharrten, geschah das, was sie noch viele Jahre später das *Wunder* nannten. Der Junge öffnete den Mund, bewegte die Lippen. Ganz deutlich waren die Worte zu hören:

„Muttel – Vatel – Benedikt."
*
Zur gleichen Stunde malträtierte der Eckbauer sein Weib. „Ich duld's nimmer, doass inser Dorle alleweile zu der Kräuterhex leeft. Ich gloob, se füttert die aale Bissgurken und ihren Bastard aus inserem Keller. Und woas wird sein? Baale trägt se uns eenen Luziferenkel eis Haus."
Die Erfahrung vieler Ehejahre hatte die Eckbäuerin das Schweigen gelehrt. Was sie ihrem Mann auch antworten würde, er geriete mit jedem Widerwort in noch größeren Geifer. Deshalb schwieg sie und rührte ihre Ratlosigkeit mit hinein in den Hirsebrei, der nicht gar werden wollte.

„Mir Männer sein uns oalle schun lange einig, mer joagen ihn furt, diesen *Zwirlezwack*. Fier immer! Noch bevor der nächste Vullmond ibern Wald uffsteigt, ies er furt, doas konnste mir glooben."

„Die Sünden lauern hinter jeder Ecke", murmelte die Eckbäuerin, doch ihr Mann wusste mit diesen Worten nichts anzufangen. Weil sie sich aber der Schriftsprache bedient hatte, versuchte er, es ihr gleichzutun.

„Wenn er nicht selber davonrennt, wird er's büßen müssen. Mit seinem Leben!"

Die Eckbäuerin stocherte in der Glut, dass die Funken nur so stoben. Dann legte sie zwei Scheite Holz obenauf.

„Überlegts euch gutt, woas ihr tun wullt. Könnt ar reden, wär oalles leichter. Ar kennt erzähln, woher er kummt. Ar könnt sagn, wer seine Eltern gewast sein, und warum ar ..."
„Ar koann nicht reden, weil er eene Teufelszunge hoat. Asu ies es!", krakeelte der Eckbauer dazwischen. „Een Sohn vom Luzifer ies ar. Mich täts ja nicht störn nich, wenn nich groad unser Dorle drauf aus ies ..."
„... warum hoabts ihr den letzten Wanderburschen uff Tud oder Leben furtgejoagt? Itze kummt keener mehr, der fürs Dorle ..."
Der Eckbauern wischte mit der Hand durch die Luft.
„Es ies olles gesoagt."
Doch die Bäuerin legte tüchtig nach.
„Soll unser Dorle vielleicht ooch so eene Kräuterhex wern, wie die Walburga? Oder sull se dem aalen Fischbauern sein Weibersatz wern, weil die aale Fischbäuerin schun hoalb uffm Tutenbett liegt?"
Nun war dem Eckbauern der Appetit auf den Hirsebrei endgültig vergangen. Ärgerlich setzte er seinen großen Schlapphut auf, zog ihn bis tief in die Stirn. Bevor er die Tür zuschlug, brummte er noch drei Worte in die Stube:
„Beschlossen ist's. Basta."

*

Drei Worte auch hier, aber sie waren die pure Freude.

„Muttel – Vatel – Benedikt!"

Am liebsten hätte das Dorle den Jungen, der jetzt endlich einen Namen besaß, einen christlichen sogar, umarmt und herzhaft gedrückt. Aber da war noch etwas, was sie hinderte. Zu benennen wusste sie es nicht. So nahm sie die Hände der Walburga und hielt sie in den ihren fest. Erhitzt von ihrer Freude rief sie viel zu laut in die Stube:

„Wenn er *Benedikt* sagen kann, und *Muttel* und *Vatel*, dann muss er doch noch mehr sprechen können."

„Versuchs halt mit ihm", riet ihr die alte Frau und entzog sich dem festen Griff des Mädchens.

Der Junge stand noch immer starr. Er schien erschrocken zu sein über die Worte, die sein Mund ausgesprochen hatte. Seine flackernden Augen verrieten, welch wilde Erinnerungen in ihm aufquollen. Alle alten Bilder tauchten vor ihm auf, alle auf einmal: *Die Räuber auf ihren Pferden ... die Lohe, die aus seinem Meiler schlug ... das Feuer auf dem Dach ... die gefesselten Eltern ... auf die Pferde gebunden und verschleppt.* Und zu all den furchtbaren Bildern, die durch seinen Kopf rasten, hörte er das Knistern der Flammen, die johlenden Stimmen der Räuber und sein eigenes Verzweiflungsgeschrei.

„*Vater!*" hatte er geschrien und „*Muttel!*" Immer wieder, immer wieder, bis ihm die Stimme versagte. Nur die Rufe der Mutter konnte er noch hören. „*Benedikt! Benedikt!*" Immer wieder hatte die Mutter geschrien: „*Benedikt! Mein Benedikt!*"

Übermannt von diesen Erinnerungen stürzte der Junge hinaus. Mit Riesenschritten lief er torkelnd und stolpernd hinüber zum Wald, drang tief in ihn ein. Zwischen den dunklen Bäumen schrie er seinen Schmerz in den schwarzgrauen Abendhimmel. Drei Worte waren es, die ihm den Wandel gebracht hatten.
Vater! Mutter! Benedikt.
Immer wieder schrie er diese drei Worte. Lauschte ihnen nach. Hoffte auf eine Antwort. Es kam keine.

Aber sein Schreien befreite ihn. Brachte den Wandel. Plötzlich und unerwartet war er da, der Moment, der Zeichen setzt. Verwirrung stiftet. Seit jener schrecklichen Nacht waren sie in seinem Kopf. Irrten darin herum. Drei Worte. Vater – Mutter – Benedikt! Nun brüllte er sie heraus und spürte die Freude, die ihn durchfloss.

Erschreckt vom Geschrei des Jungen flüchteten die Schafe in den Stall. Das war Benedikt gerade recht. Schnell lief er ihnen

nach und verkroch sich zwischen ihnen in der hintersten Ecke.
In der Stube setzte sich die alte Walburga derweil still an den Tisch, faltete ihre Hände und legte ihren Kopf darauf. Dorle aber, noch voller Freude, bedrängte sie.
„Mir derfen den Junga jetzt nicht alleene lassn."
Nur langsam hob die Kräuterfrau den Kopf.
„Dann gieh halt zu ihm", hauchte sie so leise, als wäre es ihr gar nicht recht, wenn ihre Worte das Ohr des Mädchens erreichten.
„Ar hoat mir vorhin, draußa eim tiefa Schniee, doa hoat mir der Benedikt das Laba gerettet. Ies es nich meine Christenpflicht, ihm jetzt ooch zu helfen?"
Weil diese Frage nicht allein eine Frage war, sondern die Antwort schon in sich trug, gab die alte Frau dem Mädchen keinen Bescheid. Das Dorle stand unschlüssig zwischen Tisch und Tür, horchte in sich hinein und prüfte, welches Erbarmen größer in ihr sei: das für die alte Frau, oder das für den Jungen? Sie brauchte aber nicht lange für ihre Entscheidung. Hurtig verließ sie die Stube und drückte die Tür fest ins Schloss.

Mitten unter den Schafen versteckt, murmelte der Junge immer wieder seine

drei Worte. Ob er sich damit quälen wollte, oder eine Freude bereiten, das wusste er selber nicht. Zu gewaltig war noch immer die Erinnerung an jenen schlimmen Tag: Am Morgen hatte er voller Stolz seinen ersten, eigenen Meiler entzündet, am Abend hatten die Räuber mit dem Feuer seines Meilers das Haus niedergebrannt. Seine Eltern verschleppt. Zu gern hätte er sich damals in die brennende Kate gestürzt, oder in seinen hell auflodernden Meiler. Aber die Mutter hatte ihm einmal erzählt: *Die Seelen der Menschen, die sich selbst das Leben nehmen, finden keine Aufnahme in den Himmel. Sie tanzen auf der Hohen Eule herum, bis der Teufel sie holt.*
Mitten in allem Wirrwarr hatte er sich daran erinnert, deshalb war er am Leben geblieben. Auf ewig in der Verdammnis leben, das wollte er nicht.

„Benedikt?"
Zaghaft kam Dorles Stimme an sein Ohr. Die Schafe waren die ersten, die ihren Kopf anhoben und mehrstimmige Antworten blökten.
„Benedikt. Ich will mit dir reden. Benedikt."
Benedikt. Benedikt. Immer wieder hörte er seinen Namen. Das Mädchen schien sich zu berauschen am Aussprechen dieses Wortes. Mutig trat sie ins Dunkel

des Stalls, drückte mit beiden Händen die Leiber der Schafe zur Seite.
„Weißt, Benedikt, wir müssen viel miteinander reden, dann lernst du es wieder."
Nur ungern gaben die Schafe einen Platz am Körper des Jungen frei. Das Dorle ließ ihnen aber keine Wahl. Ganz nah setzte sie sich neben Benedikt ins Stroh, wollte auch nach seiner Hand greifen, fand sie aber nicht. So sprach sie einfach in die Dunkelheit hinein langsame Sätze und mühte sich, nach der Schrift zu sprechen.
„Willst du wieder sprechen lernen? Sag einmal Dorle zu mir."
Dem Mädchen war es gleich, ob von dem Jungen eine Antwort kam oder nur unverständliche Laute.

Die Walburga hockte indes allein in ihrer Stube und verspürte eine seltsame Unruhe. Draußen lag nur noch ein leichter Lichtschleier über dem Schnee, doch das Dorle war noch immer im Stall bei ihrem Benedikt. *Ihrem Benedikt* hatte die alte Frau gedacht und sofort gemerkt, wie sehr sie diese Worte schmerzten.
„Mag's ooch verständlich sein, doass een junges Blutt schneller fließt und doass junge Herza schneller schlagen", murmelte sie, „oaber es ies doch mei Jüngela."

Seit der Junge bei ihr war, hatte ein neues Leben für sie begonnen. Sie fühlte sich verantwortlich für seine Unversehrtheit, die – (*Gott möge es verhüten!*) - hinten in ihrem eigenen Schafstall womöglich in Gefahr geriet. Und während die Walburga so nachsann über die schnell dahin ziehende Zeit, über Wandel und Vergänglichkeit des Lebens, über die unterschiedlichen Sehnsüchte alten und jungen Blutes, entging ihr nicht, wie jemand mit einer hocherhobenen Laterne sich ihrem Haus näherte.

„Mein Gott! Der Eckbauer kummt, der will das Dorle heemhulln[21]."

Die alte Frau erhob sich so schnell, wie sie nur konnte. Mitten in der Bewegung hielt sie dann aber inne.

„Ich weeß nich. Wenn der Eckbauer das Dorle eim Schafstall erwischt, zusammen mit dem Junga, do wär das Dorle zum allerletztamal hier gewast. Da hätt ich mein Jüngerla wieder für mich alleene."

Dann besann sie sich aber schnell eines Besseren und huschte durch die Hintertür hinüber zum Schafstall.

Als der Eckbauer heftig an die Haustür pochte, saß das Dorle neben der Kräuterfrau am Tisch. Vor beiden lag ein

---

[21] heimholen

Häufchen Gänsefedern, an denen sie herumschleißten. „Stürm' nicht asu wilde ei die Stube rei, Eckbauer. Der Wind, den de machst, der verbläst mir meine letzten Fadern."
Der Eckbauer hatte sich schon während des langen Weges eine Rede zurechtgelegt. Seine über viele Generationen hinweg erworbene und bis heute unbefleckte Familienehre wollte er glänzen lassen. Nun, beim Eintritt in die niedrige Stube, verschlug es ihm die Sprache.
„Wenn's dunkel werd, hoat's Dorle daheeme zu sein", war dann alles, was er herausbrachte.
„Nu, Eckbauer, doass ich nich lach. Itze kummt die Sunne nich mehr hinterm Wulfsberg vor, da bleibts den ganza langa Tag ieber finster. Willste, doass dei Dorle blußig noch ei der Stuben hockt? Draußa ei der Welt lernt se mehr, als daheeme hinterm Ufa. Guck amol hier, beim Federschleißen. Vun ihrer Mutter hat's Dorle gelernt mit der linka Hand die Fadern zu halten und mit der rechta oabzuschleißen. Es ies oaber viel besser, sie koann's mit beeden Händen macha, rechts wie links. Verstiehste? Du werscht dem Madel doch nicht verwehren wullen, doass se woas derzulernt. Und weeßte woas, Eckbauer, meine aala Hände, die wulln nimmer asu richtig. Doa ies es nur

gutt, wenn mer das Dorle een bisserl hilft. Doas willste doch ooch, doass dei Dorle amol een hilfreicher Mensch wird. Eene Frau in christlicher Nächstenliebe." Durch das muntere Geplauder der Walburga vergaß der Eckbauer seine ganze, gut vorbereitete Rede. Hatte er gefürchtet, seine Tochter mit diesem *Zwirlezwack* zu erwischen, sah er jetzt dieses friedliche Bild, welches Federn schleißende Frauen nun einmal abgeben. „Nu ies oaber allemal genug für heit", sagte er mit leiser Stimme, um die Federn nicht aufzuwirbeln. Dem Dorle schlug das Herz heftig gegen die junge Brust. Nur widerwillig erhob sie sich, schlüpfte in ihren Mantel und folgte dem Vater hinaus in die Dunkelheit.

*

In den langen Wintertagen lernte der Junge von der Walburga wieder das Sprechen. Was früher ein Blick gesagt hatte oder ein stiller Wink, wurde nun in langatmige Sätze gekleidet. Es half. Das Gestammel eines *Zwirlezwacks* gab es bald nicht mehr, auch wenn nicht alle Worte, die aus seinem Mund kamen, klar zu verstehen waren.

*

Schon in den ersten Märztagen begann der Schnee zu tauen. Die Sonne stieg bedächtig höher und leckte allen Schnee, den sie erreichen konnte, in wenigen

Tagen weg. Allein im Schatten der Waldränder hielten sich die weißen Teppiche etwas länger.

Es war aber nicht nur die Natur, die die Veränderungen spürte, die mit der Frühlingsluft über das Land gezogen kamen. Auch in die Menschen kroch eine Unruhe, die sie ungeduldig werden ließ und hinaus auf die Felder trieb. Schon früh am Morgen spannten die Bauern ihre Ochsen vor die Pflüge, fuhren auf die Felder und brachen die Ackerkrume auf für eine neue Aussaat.

Obwohl sie stetig bedacht waren, die Tiere in gerade Furchen zu zwingen, entging ihnen nicht das singende Geräusch einer Schleifscheibe. Der helle Klang lockte auch Walburga ans Fenster. Was sie sah, hätte für die alte Frau ein friedliches Bild sein müssen, dennoch schreckte sie auf. Benedikt drückte eine große Axt auf die drehende Scheibe. Hatte das fremde Messer schon Unbehagen bei Walburga ausgelöst, bedrückte sie diese furchterregende Gerätschaft umso mehr. Wo mochte er das alles nur her haben?

Der Junge aber war froher Dinge. Kraftvoll setzt er mit seinem rechten Fuß den Schleifstein in Bewegung und drückte die Schneide der Axt auf den drehenden Stein. Hin und wider prüfte er die Axt mit seinen Fingern. Als habe er es gelernt, hielt er den Schliff sogar gegen die

aufgehende Sonne, um jede noch vorhandene Unregelmäßigkeit zu erkennen. Walburga konnte ihre Neugier, die einer großen Sorge entsprang, nicht mehr bezwingen. Es drängte sie, mit dem Jungen zu reden.
„Woas willste denn mit der grußen Axt?"
Benedikt lächelte und gab ihr zur Antwort:
„Wart nur ab. Bald siehstes."
‚Lieber Gott, lass mich geduldig sein, was immer er auch eim Walde macht', ging es der alten Frau durch den Kopf. ‚Wenn er nur zufrieden ies, will ichs ooch sein.'

Nach dem letzten Schliff hob Benedikt die Axt auf seine Schulter und lief, ohne einen Abschiedsgruß, geradewegs in den Wald. Erst spät am Abend kehrte er zurück. Seine Hände waren voller Harz, das Hemd total verschwitzt. Verunsichert rätselte Walburga, was ihr Junge wohl im Wald gemacht habe. Ihre Freude über seine Rückkehr verwischte aber alle Bedenken. Eines wusste das Kräuterweib sehr wohl: Bei der Einnahme ihrer Heilkräuter war Vertrauen die beste Hilfe. So hoffte sie, auch bei Benedikt würde dieses Wundermittel wirken.

Von nun an ging Benedikt zwei oder gar drei Wochen lang regelmäßig in aller

Frühe mit der Axt in den Wald. Erst spät abends kehrte er zurück. Von Tag zu Tag wurde der Junge fröhlicher, trug zuletzt sogar ein Lächeln im Gesicht. Wenn er am Abend am Tisch saß, ließ er es sich schmecken. Das beruhigte Walburga sehr. Das Dorle vom Eckbauern war seit langem nicht mehr ins Kräuterhaus gekommen, auch das trug bei ihr zum Wohlempfinden bei.

Eines Morgens, über dem Mühlbach waberten noch weiße Nebelfahnen, ließ Benedikt die Axt hinter der Haustür liegen. Etwa 30 Fuß vom Schafstall entfernt schlug er einen Pflock in die Erde und zog mit einer daran befestigten Schnur einen großen Kreis. Aus der Scheune holte er einen Spaten und stach die Gemarkung handtief aus. Die Grassoden stapelte er sorgfältig übereinander. Mit klopfendem Herzen sah Walburga ihm vom Fenster aus zu. Sie wusste sein Tun nicht zu deuten. Sollte der Junge doch ein Waldschrat sein? War das, was er da aushob, ein magischer Kreis?

„Wenns die weiße Magie ies, hoab ja nichts zu befirchten nich", brummelte sie vor sich hin. „Die weiße Magie, die sull ja eene hilfreiche Kraft besitzen. Wenn er aber der schwoorzen Magie verschrieba ies, eene Magie, die nischt Gutts verheeßt,

do wern die Bauern mit Dreschflegeln kumma, wenn nich goar mit Sensen."
Dann aber beschloss die alte Frau Neugier und Argwohn zu verdrängen.

„Wenn eener asu fröhlich ies, bei seiner Arbeit, koann ar nischts Böses eim Schilde führn."
Am Abend fragte der Junge, ob Walburga am nächsten und am übernächsten Tag allein den Tieren ihr Futter geben könne.
„Weeßte, es ies an der Zeit."
„Mach ocke. Werscht schun wissen, woas de tust", gab sie ihm zur Antwort. Ihre innere Bedrängnis wusste sie aber kaum noch zu verbergen.

Die Sonne verbarg sich noch hinter den Bergen, als Benedikt in aller Früh die Kate verließ. Mit schnellen Schritten eilte er in den Wald. Ohne Axt, nur das fremde Messer am Gürtel.
„Mein Gott", betete Walburga, die hinter der Gardine stand und dem Jungen nachsah. „Mein Gott, loass ihn unversehrt an Leib und Seele wieder heemkumm."
Drei *Vaterunser* und drei *Ave Maria* betete sie, ging dann zum Schafstall, öffnete die Tür und ließ den Tieren freien Lauf. Die Ziegen pflockte sie an. Enten, Gänsen und Hühnern schüttete sie den Hirsebrei, den Benedikt in seiner Eile nicht zu Ende gegessen hatte, auf den Boden.

Und während sie das alles tat, sann sie darüber nach, was sie tun könne, das Seelenheil ihres Jungen zu bewahren. Kaum war ihr letztes Gebet beendet, da trat der Junge schon wieder aus dem Wald. Auf seinen Schultern trug er drei Scheite Buchenholz, fein säuberlich gespalten. Jedes Scheit war wohl über einen halben Klafter lang. Der Junge warf die Scheite außerhalb des magischen Kreises ins Gras. Fröhlich lachend winkte er Walburga zu, verschwand aber sofort wieder zwischen den Bäumen. Von da an war es ein schnelles Hin und Her. Von Stunde zu Stunde wuchsen drei große Holzstapel auf. So sehr die Neugier an Walburga nagte, sie hielt sich an ihren Vorsatz. Vertrauen wollte sie ihm entgegenbringen, gleich was er da mache.

„Wenns werklich eene Magie ies, muss es die weiße Magie sein", murmelte sie vor sich hin. Der Aufforderung, eine Pause zu machen, etwas zu essen, etwas zu trinken, gab Benedikt mit winkenden Armen eine klare Absage.

*

Die riesigen Wälder im Eulengebirge waren zu jener Zeit noch nicht in Besitztümer eingeteilt. Mochten sie einem Fürsten aus dem Schlesischen, gar dem König von Böhmen gehören, oder irgendeinem Bischof, was ging das die, die tief im Wald wohnten, schon an. Es war noch nie einer vorbeigekommen, der gesagt hätte: *Das ist mein Wald! Das sind meine Bäume!* Die Bauern hätten vielleicht den Hut gezogen, solange die Bewaffneten des Fürsten durchs Dorf ritten. Hinterher aber hätten sie darüber gelacht, und alles wäre so geblieben, wie es immer gewesen ist. Und auch bleiben sollte.

Dass dieser *Zwirlezwack*, - (so nannten die Bauern den Jungen noch immer), - vom Schnee gebrochene Buchen zu Klafterholz schlug und zum Kräuterhaus schleppte, war natürlich allen längst bekannt. In dieser Einöde wusste jeder, was ein anderer tat. Gegen Menschen, die schwer arbeiten, brachte niemand einen Einwand vor, es blieb jedoch die Frage, ob dieser *Zwirlezwack* tatsächlich ein Mensch sei – oder doch eher ein Waldschrat? Was die Bauern jetzt sahen, verwunderte sie. Keiner der jungen Männer im Dorf wäre fähig, so ausdauernd dicke Buchenstämme zu spalten. Keiner konnte so treffsicher die Axt führen. Hätten sie im Dorf vom magischen Kreis gewusst, peinlichst genau mit einer Schnur gezogen, ihre Meinung wäre sicher schnell gefunden gewesen.

Gleich, nachdem Benedikt das letzte Holz aus dem Wald herausgetragen hatte, begann er es umzuschichten. Alles, was er tat, geschah in einem großen Schweigen.

So blieb der Kräuterfrau nichts anderes, als laute Selbstgespräche zu führen, wenn sie dem Jungen etwas mitteilen wollte. So brummelte sie beim Frühstück vor sich hin: „Heut muss ich wieder eenmal ei a Wald. Muss frische Kräuter sammeln, weil ich baale keenen Vorrat mehr haben tu."
Was sie sagte, war schon richtig, es war aber nur die halbe Wahrheit. Hinter Bäumen versteckt, so hoffte sie, könnte sie unbemerkt beobachten, was der Junge nun mit dem Holz machen werde. Für ihren Ofen waren die Scheite viel zu lang. Sie mussten eine andere Bedeutung haben. So versteckte sie sich hinter einem dicken Fichtenstamm und wartete, was geschehen werde.

Benedikt betrat, nachdem er sich gewohnheitsgemäß nach allen Seiten umgesehen hatte, den von ihm mit einer Schnur gezogenen Kreis, suchte den genauen Mittelpunkt und markierte ihn mit einem Kreuz. Von dort blickte er gen Himmel, hob seine aneinander gepressten Handflächen über seinen Kopf und murmelte einige Worte, die Walburga nicht verstehen konnte. Dann malte er in alle vier Himmelsrichtungen das Kreuz in die Luft und spuckte kräftig in seine Hände.

Ein großer Schrecken fuhr der alten Frau in die Glieder. Im Dorf war sie inzwischen als Hexe verschrien, das wusste sie schon lange. Hatte das Dorle

ihren Jungen überredet, mit den Bauern gemeinsame Sache zu machen?
„Der werd doch keenen Scheiterhaufen uffrichten, goar fier mich?"
Versteckt hinter bis tief auf den Boden herabhängenden Ästen einer großen Fichte sah sie dem *Zwirlezwack* bei seiner Arbeit zu. In der Mitte des Kreises baute er aus längeren Holzstangen ein Gerüst, einem spitzen Zelt nicht unähnlich. Danach zog er Verstrebungen ein und verlieh damit dem Stangengewirr Stabilität. Kaum war er damit fertig, trug er die ersten Scheite in den Kreis. Er legte sie aber nicht überkreuz, wie es für einen Scheiterhaufen, der gut brennen soll, nötig gewesen wäre; er stellte sie aufrecht, fest an das vorgefertigte Gerüst angelehnt. Weil die oberen Teile der Scheite leicht zur Mitte geneigt waren, behielt alles seine Festigkeit. Der Junge arbeitete so flott, es war für Walburga eine Freude, ihm dabei zuzusehen.

Auf diese ersten, auf der Erde stehenden Scheite, baute der Junge einen zweiten Kreis obenauf. Da zog in Walburgas Gesicht ein befreites Lächeln.

„Itze weeß ichs, der Junge baut eenen Meiler! Eenen Holzkohlenmeiler baut er, wie die richtigen Köhler eim Walde."

Vor vielen, vielen Jahren war Walburga bei ihrer Suche nach Kräutern einmal tief im Wald vom Rauch eines Feuers angelockt worden. Schnell war sie in diese Richtung gelaufen, hatte gefürchtet eine Hütte verbrennt, in der vielleicht Kinder in Not sind. Der Köhler, der an seinem rauchenden Meiler stand, hatte gelacht und ihr dann erklärt, wie Holzkohlen gemacht werden. Das Gerüst in der Mitte, den Kamin, den hatte er Quandel genannt. Über dieses Wort hatte sie dann lachen müssen.

„Ich kenn bluß eene Mandel. Vun eener Quandel hoab ich noch nie woas geheert nich."

Befreit von einer großen Seelenlast trat Walburga aus ihrer Deckung hervor. Hurtig lief sie zum Meiler und reichte ihrem Jungen die Scheite zu. Benedikt sah sie erstaunt an, redete aber kein Sterbenswörtlein.

Das letzte Scheit, das Walburga ihm reichte, hielt Benedikt eine Weile bedächtig in der Hand, sah es lange an und hob es dann gen Himmel.

Mit den Worten: „In Gottes Namen!" drückte er es in die letzte Lücke.

Am anderen Morgen begann Benedikt, das aufgestellte Holz mit den ausgestochenen Grassoden rundum zu bedecken. Offen gebliebene Ritzen stopfte er mit Moos zu und klopfte alles mit einer großen Schaufel fest. Darauf kam trockenes Laub, Heu und Stroh. Ohne eine Pause zu machen holte er die Roadber[22] aus dem Schuppen und karrte Erde herbei. Wie mit einem dicken Mantel hüllte er alles ein und klopfte danach mit der Rückseite der Schaufel die Erde fest. Die letzten Unebenheiten strich er sogar mit seinen Händen glatt. Es sah aus, als liebkose er sein Werk.

Die Augen des Jungen glänzten. Walburga sah mit großem Stolz. Am liebsten hätte die alte Frau ihn in den Arm genommen, ihm lobende Worte gesagt. Sie wagte es aber nicht, ihn zu stören.

Langsamen Schritts ging der Junge ins Haus und trat wenig später mit einer brennenden Fackel vor seinen Meiler. Dreimal umrundete er ihn und sprach dabei laut und deutlich das *Vaterunser*. Über eine angelehnte Leiter bestieg er danach sein Bauwerk, hob die Flamme gen Himmel und ließ sie durch die freigelassene Öffnung ins Innere gleiten.

Der Kräuterfrau liefen Tränen der Freude über ihr faltiges Gesicht. Jetzt war sie sich sicher: Ihr Junge musste der Sohn

---

[22] Schubkarre

eines Köhlers sein. Die große Axt, die Schaufel und das fremde Messer musste er mitgebracht haben, als er über Weihnachten so lange weggeblieben war. Er war „daheim" gewesen, wo immer das auch sein mochte.
Doch Walburgas Freude währte nicht lange. Kaum quoll der erste Rauch aus dem Meiler, holte Benedikt eine lange Stange und band sein Messer an deren Spitze.
„Wie eene Lanze", murmelte sie vor sich hin. Als vor vielen Jahren Soldaten irgendeines Fürsten durch ihre Einöde gezogen waren, hatte Walburga solche Waffen gesehen.
Dreimal schlug sie das Kreuz.

Durchs Dorf hallte der Ruf. „Feuer! Feuer!"
„Wu denn?"
„Bei wem denn?"
Die Bauern und ihre Weiber stürzten aus ihren Häusern und sahen am Waldrand Rauch aufsteigen. Es sah aus, als käme er direkt aus dem Dach der Kate der Kräuterfrau.
„Durte!"
„Doas Haus vun der Walburga ... es brennt!"
„Da hoat wull der Luzifersohn gezündelt!", spottete einer und ein anderer

gab zurück: „Doas ies se, die Strafe Gottes!"
Die Weiber aber schrien, man müsse der Walburga helfen.
„Es ies insere Christenpflicht! Mir sullten uns nich versindigen nich!" Eilig wurde nach Eimern gegriffen, schnell hasteten alle quer über die große Wiese. Je näher sie dem Kräuterhaus kamen, verlangsamte sich ihr Schritt. Stieg der Rauch nicht in einiger Entfernung vom Haus auf? Trotzdem liefen sie weiter. Ihre Neugier trieb sie voran.
Als die Kräuterfrau das Geschrei hörte, ahnte sie Böses. Mutig ging sie den Bauern und ihren Weibern bis zu der Stelle entgegen, die sie als ihre Grundstücksgrenze ansah. Von Herzen wollte sie den Dorfbewohnern danken für ihre Bereitwilligkeit, ihr zu helfen. Vor allem aber drängte es sie, unbedachten Worten Einhalt zu gebieten.
Auch Benedikt hatte die Bauern längst kommen sehen. Seine Augen waren überall, seine Ohren vernahmen das leiseste Geräusch. Breitbeinig stand er vor seinem Meiler, den langen Stecken mit dem aufgebundenen Messer nach vorn gerichtet. Je näher die Bauern mit ihren Weibern kamen, umso stärker begann sein Körper zu zittern. Seine Arme konnten die Stange kaum still halten.

Als die Dörfler nur noch wenig entfernt waren, quollen aus Benedikts Mund unverständliche Laute. Die Bauern blieben verschreckt stehen. Wie zum Schutz stellten sie sich vor ihre Weiber und Kinder. Als sie die den *Zwirlezwack* mit seiner Lanze sahen, zogen sie ebenfalls ihre Messer aus den Gürteln.

„Woas sull denn doas mit dem Kerle da?", riefen der Schulte aus gebührlichem Abstand. „Mir kumma doch ei friedlicher Absicht."

„Weil mer die Flammen gesahn hoan ..."

„... den Rauch!"

„Vom Durfe her hoots ausgesahn, als brenne dei Haus!"

„Helfen wulln mir dir, nischte weiter ..."

„... und woarum hält uns dieser *Zwirlezwack* sei Messer entgegen?"

„Mir dulden ihn nich mehr ei unserem Durfe!"

Die Sätze flogen wild durcheinander.

„Wenn der Teufelsjunge seine Lanze nich einziehn tut, doa geschieht noch ein Unglücke! Willste doas?"

Was die erregten Bauern Walburga zuriefen, war ernst gemeint. Das spürte sie sofort. Unheil stand bevor. Benedikt zitterte vor Angst. In seinen fiebernden Augen irrlichterte die Panik.

„Loasst den Junga ei Ruhe", rief sie den erregten Bauern zu, doch keiner wollte auf Walburgas Worte hören.
„Woas bild sich der eigentlich ei, der *Zwirlezwack*? Ar bedroht uns mit eener Lanze?"
„Es ies oan der Zeit, den Luzifersohn zu verjagen!"
„Mir dulden ihn nimmer!"
„*Zwirlezwack!*"
„Luzifers Sohn!"
„Joagt ihn furt, den Satansbalg!"
Die Stimmung unter den Bauern wurde immer gereizter.
Obwohl Walburgas Herz zitterte, breitete sie mutig ihre Arme weit aus und trat der aufgeregten Menge einige Schritte entgegen.
„Papperlapapp!", schrie sie die Männer an. „Woas labert ihr für een tummes Zeug! Dieser Christenjunge, der ies uff den Namen des Heiligen Benedikt getauft. Sein Vater war een Köhler, von dem hat er die Kunst vum Uffsetzen vun eenem Meiler gelernt."
Es war die reinste Wahrheit, die Walburga den Bauern zurief. Gestern, nach dem Nachtmahl, hatte ihr Benedikt das alles erzählt.
„Der Junge, der hat, su eene halbe Wuche Fußmarsch von hier, ei der Richtung zur Hohen Eule hie, durt hoat er mit seinen Eltern tief eim Walde galabt. Sei

Vater ies een Köhler gewast, fleißig und ehrsam. Es sein oaber immer wieder Räuberbanden gekummen, die ham ihna das schwer verdiente Geld gestohln. Ieber sie hergefoalln sein se. Ham die Meiler zerstört, wenn se nich zahlen gewullt habn. Zuletzt han se goar seine Eltern verschleppt."
Ohne Luftzuholen redet Walburga auf die Bauern ein. Immer wieder wechselte sie vom Dialekt in die Schriftsprache, um ja richtig verstanden zu werden.
„Der Junge, der hoat alle diese Grausamkeiten mit ansehen missen. Doa ies es doch keen Wunder, doass er darüber fast seinen Verstand verloren hat? Doass er nimmer hat richtig sprechen können? Ooch das gruße Zittern stammt vun den Überfällen her. Wenn er asu komisch rumhopst, sulche eigenartigen Bewegungen macht, doas kummt alles vun der Angst, die er erlitten hoat."
Mit weit aufgerissenen Augen und geöffneten Mündern schauten die Bauern und ihre Weiber auf die alte Frau. Noch nie hatten sie die Walburga so viel reden gehört. Und je länger sie redete, umso stiller wurden die Bauern.
„Oaber hier satt ihrsch doch, doass er die hohe Kunst des Meilerbaus vum Vater gelernt hat. Dass er eines ehrbaren Handwerkers Sohn ist. Nun roochts[23], weil

---

[23] raucht es

der Meiler zu kokeln beginnt. Und doas mit dem Messer, doass dürft ihr nicht falsch verstehen nich. Der Junge hat immer noch Angst. Er gloobt, die Räuber könnten wiederkummen. Könnten seinen Meiler zerstörn, wie sie's seinem Vater mehrfach angetan haben. Nun wisst irsch, und nu geht wieder heem."
Ratlos blickten sich die Bauern an. Langsam steckten sie ihre Messer zurück in die Gürtel, blieben aber unsicher, was zu tun sei. Die Weiber, neugierig wie sie nun mal waren, tuschelten untereinander und ließen keinen Blick von diesem *Zwirlezwack*, den sie noch nie von so nah gesehen hatten.
Endlich trat der Schulte vor. Auch er mühte sich darum, nach der Amtssprache zu reden.
„Ob alles das, was du uns erzählst, ooch die Wahrheit ies, doas wissen wir nicht. Wir werdens ja sahn, wenn der Meiler ausgebrannt ies. Dann wirds sich zeigen, ob ar wirklich der Sohn vun eenem Köhler ist, wie du uns erzählst hoast. Wie lange brauchts denn bis dahin?"
Weil Walburga diese Frage nicht beantworten konnte, wandte sie sich an Benedikt.
„Sag es ihnen, Benedikt."
Den Namen Benedikt sprach sie besonders laut. Alle sollten ihn hören. Der Junge lehnte seine Lanze gegen den

Meiler, trat einen, wenn auch nur zaghaften Schritt vor die Walburga und sagte laut und deutlich:

„Kummt in zehn oder zwölf Tagen wieder. Dann werden wir sehen."

Voller Erstaunen steckten die Bauern ihre Köpfe zusammen. Der Junge redete ja wie sie! Vielleicht hat die Walburga doch recht mit dem, was sie gesagt hat.

„Nun gut, diese zwölf Tage können wir warten", antwortete der Schulte. Für einen kleinen Moment sah es aus, als wolle er diesem *Zwirlezwack* seine Hand entgegenstrecken. Er unterließ es aber dann doch. Den Bauern zugewandt sagte er:

„Giehn mer zu unerer Arbeit. Kummt."

So schnell wollten aber keiner diesem *Zwirlezwack* den Rücken zudrehen. Das Misstrauen hatte sich schon zu tief eingegraben. Bevor aber das Gemurmel lauter wurde, forderte der Schulte den Gehorsam ein.

„Nu, woas ies? In Gottes Namen, gieht heem."

Der Besuch der Dorfbewohner wirkte in Benedikt noch lange nach. Ihre Feindseligkeit hatte er deutlich gespürt, aber er wusste, ein gut gelungener Brand würde ihm Anerkennung und Frieden bringen. So beschloss Benedikt, bis zur Löschung des Meilers nicht mehr zu schlafen. Erst wenn wunderbar schwarz glänzende Holzkohlen zuhauf liegen, wollte er sich wieder Ruhe gönnen.

So umkreiste er seinen Meiler, stach Lüftungslöcher in den Erdmantel und verschloss sie wieder. Schnuppernd hielt er seine Nase in den Rauch, der in leichten Fahnen, mal hier, mal dort, durch den Erdmantel austrat. Sein Geruch würde ihm den Fortschritt des Brandes verraten. Benedikt war überzeugt, die feinfühlige Nase seines Vaters geerbt zu haben.

Ab und an kam die alte Walburga zu ihm, brachte ihm Milch und Brot und bot sich an, die Wache am Meiler zu übernehmen. Mit scherzenden Worten wies der Junge sie zurück.

„Mit deiner Nase kannste vielleicht riechen, ob ei der Küche die Milch angebrannt ist. Wie's eim Inneren vum Meilers ausschaut, doas bleibt für deine Nase aober een Geheimnis."

Benedikt bemühte sich, die Augen überall zu haben. Unentwegt lief er um den Meiler herum. Sein Leben vollzog sich im Kreis. Er sog den Rauch ein, klopfte hier und dort die Erde fest, lief weiter und wiederholte sein Tun sobald er am Ausgangspunkt wieder angekommen war.

Welch aufregender Tag war das gewesen.

Zuerst das Entzünden seines Meilers, danach die erregten Bauern. Eine große

Freude war ihm geblieben: „Die Walburga hat für mich gestritten, als wär' sie meine Mutter." Alle diese Bilder zogen durch seinen Kopf. Immer wieder wollte ihn der Schlaf übermannen, doch schon der kleinste Laut, jedes Knistern der Flammen schreckte ihn auf. Wille und Entschlossenheit kämpften gegen die Müdigkeit des Körpers. So erging es ihm von Tag zu Tag. Von Nacht zu Nacht. Er schwebte zwischen Wachsein und Schlaf.

Die alte Walburga beobachtete ihren Jungen durchs Fenster. Sah sie ihn dicht neben dem Meiler im Grase ruhen, freute sie sich. Doch das friedliche Bild wurde immer wieder jäh gestört. Urplötzlich sprang der Junge hoch, hüpfte wie wild um den Meiler, schlug mit seinen Armen um sich, als müsse er austretende Flammen mit seinen Händen löschen. Mitleidig betrachtete die alte Frau das immer wiederkehrende Wechselspiel zwischen friedlichem Schlaf und aufbrausender Panik. Alle Qualen, die er durch die Räuber erlebt hatte, schienen aufs Neue zu erwachen. Zu gern wäre die Walburga hinausgegangen, hätte ihren Jungen in ihre Arme genommen. Zu gern hätte sie ihm gezeigt, wie sicher er sich bei ihr fühlen könne. Sie unterließ es aber. Still vor sich hin brummelte sie dagegen:

„Wie ar asu herumhopst, su ies der Name *Zwirlezwack* eigentlich goar nich asu falsch. Erscht wenn ar oalle schlimma Erinnerungen ausgetanzt hoat, wird ar seine Ruhe wiederfinden."

Das Herumtoben des Jungen hatte auch der Wiesner Johann gesehen. Er war schon sehr früh in den Wald gegangen, um die ausgelegten Schlingen zu kontrollieren, mit denen er einen Hasen zu fangen hoffte, oder ein wildes Kaninchen. Voller Neugier sah er, wie dieser *Zwirlezwack* wild um den Meiler herumtanzte und auf ihn einschlug. Schnell lief der Wiesner Johann zurück ins Dorf, rannte von einem Kuhstall zum anderen, in denen die Bauern um diese Zeit ihre Kühe molken.

„Gloobst mir, ich hoabs gesahn, wirklich, dieser Kerl, dieser *Zwirlezwack*, der ies nich ganz richtig eim Kuppe. Der hopst umeinander, ich gloob, doas sein Feixtänze, die der macht. Doas ies gefährlich, gloobst mir. Wenn doas insere Kinder sahn missen, do wernse ooch noch plemplem."

Diese Nachricht erregte alle Gemüter.

„Furt mit ihm!"

„Oaber sofort!"

„Mir duldens nich länger!"

Am liebsten wären sie gleich losgezogen, diesen *Zwirlezwack* für immer zu vertreiben. Er war ein Fremder und alles Fremde bedeutete eine Gefahr. Mit gehässigen Reden versuchten sie sich gegenseitig zu überzeugen, es müsse etwas getan werden. Dem Schulte wurde es schwer, von den Bauern Besinnung einzufordern.

„Mir hoan versprochen, doas mer abwarten tun bis die Hulzkohlen gebrannt sein", mahnte er die aufgebrachten Männer. „Mir hoam ihm inser Wort gegeem und inser Wort miss mer ooch haaln!"

Murrend gaben die Bauern kleinlaut bei und gingen zurück in ihre Ställe.

*

So vergingen die Tage.

Benedikt steckte unentwegt seine Nase in den Rauch, sog ihn tief ein, leckte ihn sogar mit Zunge und Lippen. Von Stunde zu Stunde wuchs die Erregung in ihm. War der Brand fertig? Keinesfalls durfte er aus Ungeduld zu früh den Meiler öffnen. Den Vater konnte er nicht mehr fragen. Jetzt musste er die Entscheidung selber treffen.

An einem Morgen hielt Benedikt den richtigen Zeitpunkt für gekommen.

„Ja, nu ies es soweit! In Gottes Namen!"

Es zischte und brodelte, als der Köhlersohn Benedikt den ersten Eimer Wasser über dem Meiler entleerte. Große weiße Dampfwolken stiegen auf und signalisierten weithin das Ende des Brandes. Unermüdlich schleppte der

Junge aus dem nahen Weiher Wasser herbei, immer zwei große Holzkübel auf einmal. Nach etwa einer Stunde war es vollbracht. Tiefschwarz glänzende Holzkohle lag auf einem großen Haufen. Die alte Walburga reichte ihrem Jungen einen Krug Bier, das der Holtbauer zu den Feiertagen braute.

„Itze biste een richtiger Mann, doa darfste ooch een Bier trinken", sagte sie, und Benedikt trank den Krug in einem Zug leer.

„Ich hab's geschafft", lachte er in Walburgas Gesicht. „Ich hab's geschafft!"

Ohne jede Scham legte er vor der alten Frau seine Kleider ab und ging, so wie ihn seine Mutter geboren hatte, hinüber zum Waldsee. Bedächtig stieg er ins Wasser und wusch den Kohlenschmutz vom Körper. Schamhaft drehte sich die alte Walburga weg.

Im Dorf hatte sie die weiße Dampfwolke ebenfalls gesehen. Schnell rotteten sich die Männer zusammen, um gemeinsam mit dem Schulte zu erkunden, wie diesem *Zwirlezwack* die Kohlen geraten seien. Da näherte sich ein Wanderbursche dem Dorf. Erschrocken und ratlos sahen sich alle an. „Heilige Mutter Gottes! Vun oallen Seiten kummts Übel ieber uns."

„Durt drüben tobt der *Zwirlezwack,* und vun der aneren Seiten kummt die Pest eis Durf."

Es war der Schulte, der zuerst Mut fasste. Mit weit ausgebreiteten Armen gebot er dem Burschen, Abstand zu halten. „Ei der Welt draußen, da gibt's doch die Pestilenz", rief er ihm entgegen. „Willste uns die eis Durf reischleppen?"

Der Bursche lachte hell auf und rief ihnen zu:

„Ihr lieben Leute, euch allen Gott zum Gruße! Habt keine Angst, die Pestilenz gibt es schon lange nicht mehr. Keine Kranken mehr, keine Toten. Auch keine Gefahr mehr, sich anzustecken. Die Krankheit ist von selber gestorben."

Zuerst blickten sich die Dörfler ratlos an. Sie wussten nicht, ob sie dem Fremden glauben sollten. Weil aber im gleichen Moment die Sonne hinter den Wolken hervortrat und alle mit goldenen Strahlen überschüttete, sahen sie das als göttliches Zeichen. Sie umarmten und küssten sich – und vergaßen in ihrer Freude den *Zwirlezwack* und seinen Meiler.

In ihrem Überschwang luden sie den Wanderburschen zum Bleiben. Der Eckbauer rief, er wollte sofort ein Ferkel schlachten und lud alle zum Schmause ein. Natürlich wussten sie, was das zu bedeuten hatte: Das jungfräuliche Dorle sollte ihn bekommen, diesen Wanderburschen, der von stattlicher Figur war und als Zimmermann ein gutes Handwerk erlernt hatte.

Es bedurfte auch keiner Absprache zwischen dem Eckbauern und seinem Weib. Alles verlief so, als sei es schon lange geplant gewesen. Die Eckbäuerin wollte die Gunst der Stunde ausnützen. Kaum war sie wieder im Hof, herrschte sie das Dorle an:

„Du kummst mit mir mit, oaber glei. Merr wulln Sumpfkresse pflücka, für eenen guuten Salat."

Dorle blieb gehorsam. Kaum waren sie am Weiher angekommen, herrschte die Mutter ihre Tochter an:

„Du bleibst hier am Weiher und suchst Kresse. Ich loof een bissel tiefer ei a Wald nei. Ich gloob, durt uff der kleenen Lichtung, durt werd ooch woas wachsa."

Das Dorle schwankte zwischen Gehorsam und Versuchung. Sie fürchtete, der Wanderbursche würde ans Wasser kommen, um sich den Staub abzuwaschen. Er könnte ihr schon gefallen. Seine große Figur, sein stetes Lachen. Aber hatte er nicht kundgetan, er werde nach kurzer Rast wieder weiterziehen?

„Und woas ies, wenn ich mit ihm gieh?", überlegte das Dorle. „Hoat nich der

Vater gesagt: ‚Deim erschten Sohn gehört der Eckbauernhof. Der Erschte, den du uff die Welt bringst, der ies mei Erbe; den bringst mer zurück'. Doas konn' ich doch niemals nich machen nich. Und ... ooch wenns keener wees ... ich hab mich doch schun heimlich dem Benedikt versprochen."

Während das Dorle so herumgrübelte, näherte sich der Wanderbursche, ein fröhliches Lied pfeifend, dem Teich. Schnell duckte sich das Mädchen hinter einen Busch. Ihr Herz klopfte hart gegen die jungfräuliche Brust. Einen Moment lang wünschte sie, es würde zerspringen. Der Wandersmann legte zuerst das Hemd, danach seine Hose ab und kam direkt auf ihr Versteck zu.

Im gleichen Moment umklammerte eine Hand ihren Fuß.

„Komm!", hörte sie raunen, und immer wieder: „Komm!"

Erschreckt blickte sie zum Waldboden und erkannte zwischen den hohen Gräsern das Gesicht des *Zwirlezwack*.

„Kumm ock, schnell!"

Aus ihrer Starre erlöst glitt sie ins hohe Gras. Tief an den Boden gedrückt kroch sie hinter Benedikt vom Weiher weg. Als die beiden endlich den rettenden Waldrand erreicht hatten, wollte sich das Dorle bei Benedikt bedanken, doch der zog sie

weiter hinter sich her - bis in den Schafstall. Die Eckbäuerin hockte derweil in einem Versteck hinter der Wurzel eines vom Sturm gebrochenen Baumes. Für einen Moment war sie eingeschlummert, erst ein ungewöhnliches Geräusch weckte sie auf. Lange, laute Atemzüge wehten zu ihr herüber, dazwischen kleine spitze Schreie. Darauf hatte sie gewartet. „Gutt ies es", freute sie sich. „So ies es gutt!"
Gesehen wollte sie nicht werden, das Mädel würde sich sicherlich schämen vor ihr. So blieb die Eckbäuerin in ihrem Versteck, bis das Gestöhn zu einem Ende kam. Dann aber konnte sie ihre Neugier nicht mehr zügeln. Sie hob ihren Kopf über den Rand der Wurzel - und glaubte ihren Augen nicht zu trauen. Dicht neben dem Wanderburschen, der gerade dabei war, sein Hemd überzustreifen, stand ein nacktes, hoch gewachsenes Weib. Es war nicht ihr Dorle. Die Wiesnerin war es, seit über zwei Jahren verheiratet und immer noch ohne Kinder.

*

Das Fest unter der Linde dauerte drei Tage.

Die gute Nachricht, die der Wanderbursche über das Verschwinden der Pestilenz mitgebracht hatte, machte alle fröhlich. Vor lauter Freude vergaßen sie fast, ihr Vieh zu füttern, die Kühe zu melken. Die frisch gesäten Gemüsepflanzen ließen schon ihre durstigen Köpfe hängen. Zwei fröhliche Tage und drei ausschweifende Nächte verbrachte der Wanderbursch in dem kleinen Dorf. Und jeden Abend fand sich die Wiesnerin zur gleichen Stunde am Waldweiher ein. Noch nie hatte sie an drei Abenden hintereinander gebadet.

Nachdem der Wanderbursche alles, was ihm die Einöde bieten konnte, genossen hatte, zog er am vierten Tag in aller Frühe frohgemut wieder seines Weges. Allein die Wiesnerin winkte ihm nach.

Die Reste des Gerstensafts kreiselten noch in den Köpfen der Bauern, ihre Mägen verdauten noch immer das fette Fleisch. Als sie ihre Räusche ausgeschlafen und alles verdaut hatten, beschlossen sie, die Ochsen im Stall zu lassen.

„Munne ies ooch noch een Tag", redeten sie sich ein.

„Die Arbeit leeft uns schun nich davon."

„Man muss die Feste feiern, wie sie falln."

Ihre Erfahrung hatte sie gelehrt, dass alles, was sie gemeinsam taten, keinen zum Außenseiter werden ließ.

So blieb ihnen auch die Zeit, nun endlich die Holzkohle des *Zwirlezwacks* zu begutachten. Hinter dem Dorfschulte trotteten sie gen Mittag gemeinsam zur Kräuterkate. Allein der Eckbauer und sein Weib gingen nicht mit. Seit der ersten Festnacht war ihre einzige Tochter, das Dorle, verschwunden. Wenn alle das Dorf verlassen haben, wollten sie unbeobachtet nach ihr suchen.

Als die Bauern mit ihren Weibern vor dem Haus der Walburga eintrafen, empfing sie die alte Kräuterfrau mit einem gütigen Lächeln. Sie trug, wie sonst nur an hohen Feiertagen, über ihrem dunklen Sonntagskleid eine weiße Schürze. Zwischen ihrem mit schwarzer Spitze gesäumten Rock und den Lederschuhen leuchteten weiße Strümpfe hervor. Sogar ihre grauen Haare glänzten weißer als sonst. Aus ihren Augen strahlte der Stolz. Gestern hatte sie die Holzkohlen in ihrem Bügeleisen einer Prüfung unterzogen und sich vom langen und kräftigen Glühen überzeugt.

Benedikt stand neben seinem Kohlenhaufen, die Hände tief in den Taschen vergraben. Nur so glaubte er, sie stillhalten zu können. In gebührlichem Abstand blieben die Bauern stehen. Wieder stellten sie sich im Halbkreis vor ihre Weiber.

Dann trat der Schulte, der selbst eine kleine Schmiede betrieb, nach vorn, griff von verschiedenen Seiten in den Holzkohlenstoß und zerrieb einige Stücke zwischen den Fingern. Bedächtig wiegte er seinen Kopf. Er schien zu überlegen, ob ein vorschnelles Lob den anderen recht sei.

„Weeßte woas", sagte er in Richtung zum *Zwirlezwack*, „du gibst mir eenen Korb vuller Hulzkohlen für meine Esse. Erscht dorte koann ich prüfen, ob die Kohle richtig glüht."

„Een schlauer Fuchs ies er, der Schulte", brummelte die Walburga in ihre Bluse. „Asu spoart er sich gleich ies koofen[24]."

Aber es war ihr auch recht. Sie wusste ja, wie gut und wie lange die Kohlen in ihrem Bügeleisen geglüht hatten.

Auf dem Rückweg zum Dorf entspann sich unter den Bauern und ihren Weibern ein heftiger Disput. Die einen fanden vorsichtige Lobesworte für den Jungen, anderen missfiel er. Obwohl sie seinen Namen wussten, nannten alle, gleich welcher Meinung sie waren, ihn weiterhin den *Zwirlezwack*.

„Wenn dem *Zwirlezwack* seine Holzkohlen gutt glühn tun, doa werd er baale reicher sein als mir."

Weil Neid giftig ist und ansteckend, fand jeder schnell eine Beschuldigung.

---

[24] kaufen

„Do ies noch was, woas mer bedenka missa. Hoat die Walburga nich gesoat, doass Räuber die Eltern vun dem *Zwirlezwack* tuutgeschloagn ham?"
„Verschleppt ham sies."
„Doas ies nich viel besser nich, als tuutschloagn."
„Nu, woas wird sein? Ar werd uns ooch hier die Räuber anlocken!"
„Asu ies es. Die Räuber wern baale ooch zu uns kumma."
„Doas derfen mir nich dulden nich!"
So zogen sie auf ihrem Heimweg, gefräßigen Schnecken gleich, eine Schleimspur der Ablehnung, der Missgunst und des Neides vom Haus der Walburga bis tief hinein in ihr Dorf.

*

Gleich am nächsten Tag füllte Benedikt den größten Tragekorb, den er im Schuppen gefunden hatte, randvoll mit seiner Holzkohle. Das große Messer am Gürtel, den Korb auf dem Rücken, ein fröhliches „Lebwohl" gerufen, so verließ der Köhlersohn das Haus der Walburga und machte sich auf seinen Weg. Sein Vater war immer nach Osten gegangen, das wollte Benedikt nun auch tun. Um aber den rechten Weg zu finden, musste er zuerst den Weg zu seinem Elternhaus einschlagen. Nur von dort aus wusste er die Richtung. Oft hatte er seinen Vater begleitet, dabei selbst einen Korb mit frisch gebrannten Holzkohlen auf dem Rücken, wenn auch nur einen kleinen.

Drei Tage lief Benedikt durch den dichten Wald. Je näher er der verbrannten Kate kam, umso öfter versicherte er sich des Messers an seiner Seite. Eines war er sich gewiss: Kämen die Räuber, die seine Eltern entführt, das Haus niedergebrannt, die Ersparnisse geraubt – kämen die ihm jetzt in den Weg, er würde gegen sie kämpfen, wenn's sein müsste, bis zum Tod. Immer wieder redete er sich Mut zu.

„Damals woar ich noch een Kind, een wehrloses Kind. Itze bin ich aber schun een richtiger Mann, der nicht mehr kleen beigibt. Wer seinen erschten Brand alleene bewältigt, der ies keen Kind mehr. Sulln se nur kumma! Dieser Einäugige und der Bartel. Und die anderen oalle. Vor keenem werd ich mich ferrchten!"

Von diesen zuversichtlichen Gedanken gestärkt, erreichte er die heimatliche Lichtung. Verkohlte Balken lagen herum und Reste des Hausgeschirrs. Sogar die Asche des letzten Meilers, *seines* Meilers, war noch zu erkennen. Auch Vaters Hackstock stand noch an gleicher Stelle. Benedikt stellte seinen Korb darauf, kniete nieder und betete drei Vaterunser: eines für den Vater, eines für die Mutter, und das dritte für sich selbst. Danach ging er zum nahen Bach, in dem er schon als Kind gebadet hatte, um sich zu erfrischen.

Kurz vor dem Wasserlauf stutzte er. Unter der Wurzel eines Baumes waren Kratzspuren zu sehen, dazu ein kleines Häufchen frischer, feuchter Erde. Ein Fuchs mochte versucht haben, einen alten Bau aufzugraben, war aber nicht tief genug eingedrungen.
„Füchslein, Füchslein. Hier hoaste keen Glück gehabt nich!", lachte Benedikt und wollte weitergehen. Da sah er plötzlich etwas glitzern. Neugierig bückte er sich und fand einen Silbertaler. Vorsichtig scharrte Benedikt mit seinem Messer ein paar Steine weg – da lagen plötzlich so viele Taler und Dukaten vor ihm, die er gar nicht alle in einer Hand unterbringen konnte.
„Vater! Mutter!", flüsterte Benedikt voller Freude. „Hier hoabt ihrs Geld vor den Räubern versteckt, damit sie's nich finden tun. Aber der schlaue Fuchs, der hoats gefunden."
Benedikt wusste nicht, was er tun sollte. Ohne nachzuzählen steckte er alle Münzen in Walburgas Lederbeutel, den sie ihm, mit einer Kleinmünze als gutes Omen, mit auf den Weg gegeben hatte. Im Stillen gelobte er, seinen Eltern auf Heller und Pfennig alles zurückzugeben, kämen sie eines Tages wieder.
Erregt von dem, was er gerade erlebt hatte, kühlte er sein Gesicht im frischen Wasser des kleinen Bachs, warf einen

letzten Blick auf die verbrannte Kate, hob den Korb auf den Rücken und begab sich auf den Weg, den er mit seinem Vater oft gegangen war.

*

Dem Dorle war es verwehrt, das Haus zu verlassen. Nur zur Feldarbeit durfte sie unter den freien Himmel, höchstens drei Schritt von der Mutter entfernt. In den Tagen und Nächten, in denen der Wanderbursche im Dorf geschlafen hatte, war das Dorle unauffindbar geblieben. Der Eckbauer und seine Frau waren sich sicher, sie konnte nur bei diesem *Zwirlezwack* gewesen sein. Klaglos ertrug das Mädchen alle Vorhalte der Eltern, nahm alle auferlegten Strafen an und trug, trotz allem, ein Lächeln in ihrem Gesicht.

„Hör uff mit dem bleeden Grinsen. Dem *Zwirlezwack* biste verfalln und doas ies nich gutt nich. Fier dich nich, und ooch nich fier ins."

Die Eckbäuerin hatte ihren Mann angegeifert:

„Oaber doas eene weeß ich, der nächste Wanderbursch muss nu aber endgültig fürs Dorle sein. Ob's een stattlicher Kerl ies oder een kleener Pucklicher."

„Ich weeß schun lange, doas das Madel der Hoafer sticht", gab ihr der Bauer zurück. „Wenn se erscht een gesundes Kind uff die Welt gebrocht hoat, weil mer

nu eenmal eenen Erben brauchen fürn Huf, sull se macha, woas se will. Dann sull se vun mir aus dem *Zwirlezwack* nachloofen, dann ies es mir Wurscht, woas se macht. Hättst haalt besser uff sie uffpassen sulln, uff se. Tälsches[25] Weibervulk, tälsches."
Verächtlich spuckte der Eckbauer in die Stube.
Die Eckbäuerin wollte keinen erneuten Streit. So schwieg sie zu allem, was ihr Mann so redete. Heimlich hatte sie sich schon lange vorgenommen, es diesem Haustyrannen eines Tages heimzuzahlen.
„Woas die Wiesnerin koann, doas konn ich ooch", dachte sie und ging ihres Weges.

*

Die Nachricht, der Zwirlezwack habe das Dorf verlassen, erfüllte alle mit Freude. Die Bauern arbeiteten wieder auf den Feldern und saßen am Abend zufrieden unter der Linde. Alles Leben in der Einöde ging seinen gewohnten Gang.
Eines Tages aber, so gegen die Mittagszeit, weckte ein ungewohntes Geräusch ihre Neugier. War das nicht eine quietschende Wagenachse?
Angst kroch ins Dorf. Wer auf den Äckern arbeitete, verbarg sich ängstlich hinter den Ochsen oder drückte sich flach in die Furche. Keiner wollte gesehen

---

[25] einfältig

werden. Im Dorf schlugen die Hunde an. So gerieten auch die Weiber in ihren Küchen in helle Erregung.

Vor vielen, vielen Jahren waren einmal Soldaten irgendeines Fürsten in ihre Einöde gekommen. Hoch zu Ross waren sie ins Dorf geritten, begleitet von einem Planwagen, in dem junge Männer eingesperrt waren, die ihrem Fürsten als Soldaten dienen sollten. Kamen sie nun wieder, diese Soldatenwerber?

Dicht neben dem Bach, der das große Wasserrad des Mühlbauern antrieb, trottete ein schwarzes Pferd aufs Dorf zu, einen einachsigen Wagen hinter sich her ziehend. Der Mann auf dem Bock ließ seine Peitsche knallen, was ein Ausdruck von Freude zu sein schien. Das Pferd kümmerte es wenig, es setzte bedächtig Huf vor Huf.

Je näher das seltsame Gefährt den Häusern kam, umso stiller wurde es im Dorf. Selbst die Hunde wurden hereingeholt, bekamen hinter dem Ofen einen Brocken Fleisch, um still zu sein. Sich-tot-stellen hielten die Menschen für das Beste, das hatten sie von den Jungtieren des Waldes gelernt. Der Mühlbauer stoppte sogar das Mahlwerk und kroch hoch hinauf ins Gebälk. Damals, als er noch ein junger Mann war, wollten ihn die Soldaten mitnehmen. Ein ganzer Kerl solle er werden, versprachen sie ihm.

„Woas heeßt denn doas, een ganzer Kerl?", hatte er damals naiv gefragt. Die Antwort, die er bekam, hieß: „Du wirst so wie wir. Du lernst kämpfen! Schießen! Den Feind töten!"
Der Mühlbauer wollte aber nicht kämpfen und schießen. Und schon gar nicht töten. Nur durch einen beherzten Sprung in den Mühlweiher hatte er sich damals retten können. Die fürstlichen Soldaten konnten („Gott sei es gedankt!") nicht schwimmen und waren wütend weitergezogen.
Was er aber dieses Mal aus seiner luftigen Höhe zu sehen bekam, entlockte ihm ein stilles Grinsen. Unverkennbar war es dieser *Zwirlezwack*, der hoch auf dem Wagen stand und seine Peitsche knallen ließ. Vier große, leere Körbe standen auf dem Einachser. Der Kutscher trug ein nagelneues, noch fleckenloses braunes Wams. Aus bestem Leder musste es sein. Seine früher wilden Zottelhaare waren schulterlang geschoren, ein Hut mit breiter Krempe lag auf dem Kutschbock. Daneben zwei lederne Handschuhe mit langen Stulpen.
Die Peitsche knallte jeweils drei rhythmische Schläge. Es klang wie: *„Hier bin ich!"*, oder: „Bin wieder da!"

Als sich das Gespann dem Eckbauernhof näherte, mehrten sich die Peitschenschläge. Doch kein Fenster wurde geöffnet, schon gar keine Tür.

Da war es dem Kutscher genug. Ein Schnalzen mit der Zunge genügte, schon beschleunigte das Pferd seinen Lauf, fiel zuletzt sogar in einen leichten Trapp. Statt den Hohlweg zu benützen, der zum Kräuterhaus führte, lenkte Benedikt den Rappen quer über die Wiese. Die schwarz gescheckten Kühe, die dort grasten, sprangen in alle Richtungen davon.

Auch Walburga war der Peitschenknall nicht entgangen. Was ihre alten Augen nicht mehr so genau sehen konnten, verkündete ihr das Herz. Der auf dem Wagen stand und immer näher kam, der konnte nur ihr Junge sein. Schnell ordnete sie ihr Kleid und strich über die Haare.

Noch ehe das Pferd dem „Brrr" Folge leisten konnte, sprang Benedikt vom Wagen und nahm die alte Frau in den Arm. Heimgekehrt war er, im wahrsten Sinne des Wortes.

„Nu ja, nu nee. Hätt' ichs gewusst ... ich hätt doch ...", mehr wusste Walburga nicht zu sagen.

„Lass ock gutt sein, nu bin ich ja wieder derheeme."

„Du werscht Hunger ham, Junge."

Jede andere Mutter hätte die gleichen Worte gesprochen. Schnell blies Walburga in die Asche und legte Späne ins neu aufflammende Feuer. Benedikt spannte das Pferd aus und band es dort fest, wo das beste Gras wuchs. Mit festem Tritt kam er in die niedrige Stube. Walburga war es, als müsse sich ihr Junge im Türrahmen tiefer bücken als früher. Während seines Wegseins musste er ein ganzes Stück gewachsen sein. Stolz erfüllte die Kräuterfrau, doch die erste Frage, die Benedikt stellte, überraschte sie.

„Sag amol: War in letzter Zeit een Wanderbursche eim Durfe?"

‚Ums Dorle sorgt er sich', ging es der Walburga durch den Kopf.

„Es woar eener da, aber blußig für een, zwee Stunden. Ar hoat beim Obermüller woas gegassa, danach ies ar gleich weiter."

Erleichtert griff Benedikt in sein ledernes Gewand und zog ein silbernes Kruzifix hervor.

„Doas ies für dich!"

Walburga wog das Kreuz nachdenklich in ihrer Hand.

„Wärs nich besser, du schenkst's dem Dorle?"

*

In den Bauernhäusern herrschte indes helle Erregung. Hinter den Gardinen versteckt, hatten sie erkannt, wer durch Dorf kutschiert war.

„Der Luzifersohn ies es gewaast."

„Wenn's nicht der Teufel selber woar?"

„Eim Galoppe ies er durchs Durf gerauscht ..."

„... und doas Peitschenknallen. Hoabt ihrsch gehört?

„Een unüberhörbares Zeichen ies doas ..."

„... und das Quietschen der Räder ..."

„ ... doas lässt doas Stöhnen der armen Seelen schun erahnen."

„Asu wern se klinga, die Höllenqualen."

„Wer mit eenem eenzigen Tragekorb voller Hulzkohlen weggieht und eim neua Lederwams huch auf nem Pferdegespann zurücke kummt, der muss des Teufels sein. Anders ies doas nich zu erklären nich."

Von Haus zu Haus kroch die Angst. Von Stube zu Stube. Von Kammer zu

Kammer. Allein das Dorle fürchtete sich nicht.

Als aber, schon am nächsten Tag, das Pferdegespann im leichten Trab ins Dorf gerollt kam und genau vor dem Haus des Eckbauern stehen blieb, klopfte auch Dorles Herz unüberhörbar laut.

„Jetzt kummt der Benedikt zu mir. Ob er beim Vater um meine Hand anhalten tut?"

Schnell eilte sie in ihre Kammer, nahm ihr Strickzeug zur Hand, blieb aber unfähig, auch nur eine einzige Masche zu stricken. Nahe ans Fenster zu treten verwehrte sie sich. Nach einer Weile hörte sie Benedikts Stimme laut rufen.

„Eckbauer! Hörste mich? Ich hoab woas mit dir zu bereden."

Es dauerte eine Weile, dann trat der Eckbauer, die Mistgabel in der Hand, vor die Tür.

„Woas schreiste so laut herum?"

Benedikt stieg vom Wagen und ging auf den Eckbauern zu.

„Meine Hilfe will ich dir anbieten."

„Ich brauch dei Hilf nich."

„Vielleicht nich die meine, oaber die von meinem Pfard. Du hoast noch viel Arbeit uffem Feld, ich hoabs gesahn, wie ich vorbeigefohrn bin. Ich hoab mer geducht, een Pfard ies kräftiger, es zieht den Pflug schneller, als deine Uchsen. Meenste nich ooch?"

„Dei Teufelsrappen kummt mir genau so wenig uff meine Felder, wie du in mei Haus."

„Wennste nich willst, Eckbauer, so leih ich mei Pfard halt eenem anderen. Vielleicht kummts dem Wiesner zu pass. Der ies grad dabei, een Stück vum Wald urbar zu macha."

Der Streit zwischen Benedikt und ihrem Vater klang bitter in Dorles Ohren, doch seine Ankündigung, ausgerechnet dem Wiesner helfen zu wollen, traf sie um vieles ärger. Ginge Benedikt bei den Wiesners ein und aus, wäre ihr bange ums Herz, hatte sie doch selbst gesehen, wie die Wiesnerin dem Wanderburschen am Weiher zu Diensten war. Dann zerrannen aber alle ihre Bedenken, als sie Benedikt sagen hörte:

„Hör mir amoll gutt zu, Eckbauer. Ich will doch keenen Lohn nich für das Pferd. Gutt füttern sullstes und nich schlagen, dann solls mir recht sein. Für een Pferd ies es nich gutt, wenn's faul herumstehen tut. Überlegs dir bis morgen. Kannst ja das Dorle Bescheid geben lassen. Ihr wisst ja, wo ich zu finden bin."

Nach diesen Worten stieg Benedikt wieder auf seinen Wagen, hieb mit der Peitsche in die Luft, dass es weithin wie ein Schuss hallte und fuhr bedächtig zurück zur Kate der alten Walburga. Das Dorle sah ihm versteckt hinter der Gardine nach. Lange sah sie ihm nach.

Nachdem das Pferd ausgeschirrt war, betrachtete Benedikt nachdenklich seinen Meilerplatz.

„Doa liega ja immer noch Kohlen am Meiler. Wulln die Leute aus dem Dorf keene?"

„Nu ja, nu nee", erwiderte die alte Kräuterfrau. „Ich hoab ja nich gewusst nich, welch eenen Preis du dafür verlangen tust. Sie solln wiederkumm, hoab ich ihnen gesoat. Sie sulln kumma, wenn de wieder derrheeme bist."

„Na, du bist mer oaber eene. Die Leute sulln asu viele Hulzkohlen hulln, wie sie braucha. Ohne Bezahlung. Aber keener sull mer mehr hulln, als er braucht. Handel mit meiner Kohle zu treiben, doas tät ich nich leiden nich."

Walburga wischte sich verschämt Tränen aus dem Gesicht.

„Du bist asu gutt zu den Menschen."

„Ach weeßte, es gibt genug Bieses[26] auf der Welt. Ich will nicht ooch noch dazu beitragen."

*

Schon früh am nächsten Morgen schulterte Benedikt seine Axt und ging in den Wald. Seine Schläge hallten weit hin

---

[26] Böses

und kamen als Echo vom fernen Wolfsberg zurück. Als er am Abend aus dem Wald zurückkehrte, sah er sein Pferd noch immer friedlich grasen. Vom Eckbauernhof war also keiner gekommen, es auszuleihen.

„War das Dorle nich da?"

„Nu nee, ies Dorle woar nich hier. Woas sull sie denn ooch?"

Benedikt begann zu erzählen. „Weeßte, ich woar doch gestern eim Durfe und hoab dem Eckbauern mei Pfard ausleihen wulln. Damit ar's leichter hoat, beim Pflügen. Eene Bezahlung hab ich nich gewullt. Weeßte, ich wullt halt ‚Gut-Wetter-machen'. Damit ichs Dorle öfter amol sehn kann. Een bisserle mit ihr labern. Giftig ies er gewurn, der Eckbauer. Eenen *Teufelsrappen* hoat er mei Pfard genannt und hoat mich vom Hof gewiesen."

„Nu ja, nu nee. Bedenk amol: Mit eenem eenzigen Korb uffem Rücken biste furt ..."

„Sie sulln mir nich mit Neid kumma", unterbrach Benedikt. „Alles, woas ich erworben hab, Pferd, Wagen und doas neue Wams, oalles hoab ich mit ehrlich verdientem Geld gekooft."

Walburga nahm einen Futtereimer und verließ wortlos die Stube. Ihre Furcht, der Junge würde sie anlügen, wuchs von Minute zu Minute. Er folgte ihr in den Stall, aber keiner sprach ein Wort. Erst nach dem Nachtmahl hielt Benedikt das Schweigen nicht mehr aus.

„Du musst mirs glooben, woas ich dir jetz erzähl. Hurch genau zu. Meine Eltern ham das Geld in eenem Loch unter eener grußen Wurzel vor den Räubern versteckt. Ich hoab ja nich gewusst nich, wo sie's versteckt hoan. Domals. Und itze, wie ich a bisserle abseits von der verbrannten Hütte herum loof, sah ichs blinken. Hoats doch der Fuchs rausgescharrt, quasi vor meine Füße. Eene Münze loag direkt uffm Weg. Da hoab ich haalt een bisserle rumgesucht. Sullt ich's liegenlassen? Doas oalles gehierte meinem Vater und meiner Mutter, Und nu ies es mei Erbe. Vum Vater und der Mutter uffgespart für mich, für ihren einzigen Sohn. Doas muss mir keener neiden nich. Doas ies ehrlich verdientes Geld."

Ohne sich dem Jungen zuzuwenden, brach Walburga ihr Schweigen.

„Wärste haalt nich mitten durchs Durf gefoahrn. Doas hoat se oalle derschreckt."

„Ich wullt' nich prahlen, gloob mersch, bestimmt nich. Aber mei aales Gewand woar zerrissen und vuller Flecken. In dem hätt ich mich nie getraut, um dem Dorle seine Hand anzuhalten. Ich hoab halt gegloobt, doas Pfard und der Wagen werd mer helfen. Weeßte, nu koann ich vier gruße Körbe voller Kohlen uff eenmal zu die Schmieden bringa. Die woarten schun druff. Und ich hoab's versprochen, ich bring ihnen eenen grußen Vorrat für den Winter. Da werd ich noch mehr ehrliches Geld verdien."

Benedikt legte seinen Arm um Walburgas Schulter. „Weeßte, ich hab gruße Pläne. Een Haus will ich baun. Hier, ganz in der Nähe von dir will ich ... weil ich möcht ...", seine Stimme verzögerte, wurde unsicher. „Weeßte, ich möcht ums Dorle anhalten. Woas hältste denn vun dem Plan?"

„Ooch, mei gutts Jingerle. Wer dich mit dem Namen des Gottlosen belegt, der begeht eene große Sünde."

*

Es dauerte kaum mehr als eine Woche, da war ein neuer Meiler gesetzt. Größer und mächtiger als der erste. Zwei lange Wochen dauerte der Brand. Dann belud Benedikt sein Gefährt mit vier großen Körben, alle randvoll mit schwarz gekokeltem Buchenholz. Der Walburga einen Kuss auf die Wange gedrückt, ein sehnsüchtiger Blick hinüber zum Dorf, dann fuhr der Köhler Benedikt auf direktem Weg dorthin, wo man schon auf ihn und seine Kohlen wartete.

*

Im Dorf ging indes der Streit weiter.
Die Walburga war zwar nicht müde geworden, die Kunde, wie der Junge zu

seinem Reichtum gekommen war, zu verbreiten, (was sogar die Augen mancher verheirateten Weiber aufleuchten ließ), doch die Männer glaubten dem Gerede nicht. Längst hatte der Neid Löcher in ihren Verstand gebohrt.
„Eenen Fuchs, der Goldtaler ausscharrt, eenen sulchen hoab' ich noch nie gesahn. Mei ganz Laba lang nich."
„Een grußer Fuchs muss doas gewast sein!"
„Een pechrabenschwoarzer Fuchs, mit Hörnern."
„Und eenem Pfardefuß!"
„Und eenem buschigen Schwanz."
Während die Männer am Abend unter der Dorflinde beieinander saßen und sich in der Ablehnung dieses *Zwirlezwacks* gegenseitig anstachelten, hockten die Weiber abseits und ergingen sich in wilden Fantasien. Einzig das Dorle fehlte in ihrem Kreis. Unpässlich fühle sie sich, erklärte sie der Mutter und blieb allein in ihrer Kammer. Weil ihre Neugier aber stärker war, als ihre Unpässlichkeit, versuchte sie vom offenen Fenster her die Gespräche zu erlauschen. Was sie da so alles hörte, erschreckte sie. Die Wiesnerin palaverte laut in die Runde, sie wolle diesen *Zwirlezwack*, sobald er wieder zurück sei, mal etwas genauer in Augenschein nehmen.

„Ich weeß schun, wo ich ihm auflauern tu. Draußen, am Waldweiher. Ich hoab na schun zugesahn, wenn ar ins Woasser steigt. Durt tut ar nischts verbergen vun sich, aber ooch goar nischte nichts."

Als das Dorle das hörte, musste sie sich in ihr Nachtgeschirr übergeben. Gekrümmt auf ihrem Bett liegend, begann alles um sie herum zu kreisen. Keinen festen Punkt gab es mehr, der ihr Halt geben konnte. In ihrer Not faltete sie ihre Hände und suchte nach einem Gebet. Das erste Gebet, das sie fand, gehörte Benedikt:

„Alle Schutzengel dieser Welt mögen dich beschützen! Unbehelligt von Räubern und gesund sollste heemkumm."

Das zweite betete sie für sich selbst:

„Keen eenziger Wanderbursche soll vor Benedikts Rückkehr ins Dorf kommen."

*

Beide Gebete wurden erhört.

Benedikt kehrte an einem frühen Morgen wohlbehalten zurück. Sein Pferd war gut gelaufen, der Wagen hatte alle Last mit Leichtigkeit getragen. Dieses Mal fuhr Benedikt nicht auf dem breiten Weg am Mühlbach entlang ins Dorf. Er lenkte sein Pferd durch den Hochwald und vermied, an den Bauernhöfen vorbei zu fahren. Dabei klangen ihm die Worte seiner Mutter im Ohr: „Bei den Menschen

hockt der Neid eim Auge, und von durt springt er wie een Floh uff die Zunge."
„Ja, Muttel, asu ies es", sprach Benedikt leise vor sich hin. „Der Neid macht die Zungen der Menschen giftig. Aber vielleicht woar ich ooch salber schuld, hoab zu sehr geprahlt, als ich mit Peitschengeknall mitten durchs Durf kutschiert bin. Dazu in eenem neuen Gewand."
Diesmal wollte er bescheidener heimkehren. Bescheidenheit würde keine Räuber anlocken, und - so hoffte er inständig - auch keine Neider.

Die ganze Nacht hatte die alte Kräuterfrau das Rheuma geplagt. Sie war etwas länger als sonst im warmen Bett geblieben. Erst spät trat sie vor ihre Tür. Da standen die Ziegen bereits angepflockt auf der Wiese, die Schafe leckten in ihren Schüsseln. Neben dem Hackstock graste ein Pferd. Mitten im Kreis des alten Meilers stand der Junge und kratzte mit einer großen Schaufel die Reste des letzten Brandes weg. Als sei das alles das Natürlichste der Welt, nahm die alte Frau ihren Eimer, ging zu den Ziegen und molk die Euter leer. Unterdessen trug Benedikt einen Arm voll Kienholz in die Stube und entzündete das Feuer.

„Bin wieder derrheeme", sagte er, als die alte Walburga zurück in die Stube kam.

„Doas ist gutt so", antwortete die Alte ebenso kurz. „Bist mir wie een eigener Sohn."

„Dann darf ich immer wieder zu dir heem kumm?"

Über Walburgas Gesicht zog ein glückliches Lächeln. Und weil Mütter mehr wissen, als Söhne ahnen, wollte sie ihm das auch gleich beweisen.

„Nu, woas willste denn zuerscht wissen? Ob een Wanderbursche eim Durfe war? Nee, Jingele, ies woar keen Wanderbursche eim Durfe. Wie's dem Dorle geht, doas weeß ich oaber nich. Sie verkriecht sich. Ich guck schun immer, oaber sie lässt sich nich sahn."

Benedikt nahm die beiden Hände der alten Frau und hielt sie fest in den seinen.

„Hör mir amol gutt zu. Noch eenen Meiler setz ich vorm Winter. Wenn ich dann wieder heem kumm, haalt ich beim Eckbauern an, ums Dorle. Meenste, er gibt sie mir?"

Walburga sah den Jungen lange an. Dann befreite sie ihre Hände und malte ihm ein Kreuz auf die Stirn.

„Gott geb ihm einen klaren Verstand."

Wen sie damit meinte, ihren Jungen oder den Eckbauern, verrieten ihre Worte nicht.

*

Wie ein kleiner König fühlte er sich, der junge Köhler aus dem Eulengebirge. Auch nach dieser Fahrt waren alle Körbe leer, sein Lederbeutel dagegen voll. Mit stolzgeschwellter Brust stand er auf seinem Wagen und lenkte sein Gefährt heimwärts. *Heem!*[27] Benedikts Gedanken hüpften vor Freude. *Heem!* Aber - war sein Zuhause nicht grässlich zerstört, durch die Räuberbande? Was gab ihm die Berechtigung, das Wort ‚*Heem*' neu zu denken? Kann jemand mehrere Heimaten haben? War Walburgas Haus jetzt seine Heimat? Oder war seine Heimat einfach nur dort, wo sein Meiler stand? Der ihm sein Wertgefühl wiedergegeben hatte? Und was war mit dem Dorle? Vom ersten Anblick an war er ihr verfallen. Nach allem, was er als Kind erleben musste, hatte er sich nicht vorstellen konnte, jemals wieder einem Menschen zu vertrauen. Die alte Walburga hatte ihm ihre Liebe geschenkt - und das Dorle auch. Jede auf ihre Weise.

Mitten hinein in seinen Gedankenwirrwarr fiel plötzlich ein warmer Schein. Die Erinnerung an jenen Tag wurde wach, an dem die Eckbäuerin das Dorle an den Weiher geführt hatte. An den Wanderburschen hatte sie ihre Tochter verkuppeln wollen. An jenem Tag war ihm das Glück um ein Vielfaches hold gewesen. Unbemerkt von der Mutter war es ihm gelungen, das Dorle in den

---

[27] Heim!

Schafstall zu ziehen. Und dort hatten sie eng nebeneinander gehockt und dabei eine Nähe gefunden, eine Nähe, von der er bislang nichts wusste.

Von diesen Gedanken froh gestimmt, legte er dem Pferd die Peitsche leicht auf den Rücken und hielt es zum Trapp an.

Was er dem Dorle von seiner Reise mitbringen werde, war ihm schnell eingefallen. Eine Ledertasche und bunte Bänder hatte er für sie gekauft, mit denen sie sich schmücken solle, zu seiner Freude. Mit welchem Geschenk er aber dem Eckbauern seine Zustimmung abringen könne, wusste er lange nicht. Sollte er ihm ein neues, ledernes Wams schenken? Oder gar ein Pferd? Würde das nicht zu protzig wirken? Auch die Eckbäuerin würde sich über ein Geschenk freuen, aber über welches?

In der Abgeschiedenheit ihrer Einöde benötigten die Bauern wenig. Was sie zu ihrem kargen Leben brauchten, erarbeiteten sie sich selbst. Sie aßen das, was auf ihren Feldern heranwuchs. Oder im Stall. Der Müller mahlte für alle das Getreide. Brot buk jeder für sich. Der Schulte verstand sich aufs Schmieden, der Lohner aufs Gerben. Webstühle standen in allen Stuben. Die Axt zu schwingen, Balken zu schlagen, Häuser und Ställe zu bauen, das konnten sie alle und halfen sich untereinander. Was also blieb, dem sturen Eckbauer eine Freude zu bereiten?

Nun ist es wohl so im Leben der Menschen, dass in Momenten, in denen sie nicht mehr ein noch aus wissen, vielleicht sogar fürchten, es gäbe keinen gangbaren Weg mehr für sie, da öffnet sich eine Wand, ein Nebel verschwindet oder eine leuchtende Sonne erscheint. Und wie von Zauberhand sind alle alten Zweifel, Unschlüssigkeiten, alle Qualen der Ungewissheit verschwunden. Manche nennen es Zufall, andere glauben, ihre Schutzengel hätten ihnen diesen Weg aufgezeigt. Wie dem auch sei. Benedikt brachten alle Grübeleien nichts ein. So wollte er es drauf ankommen lassen.

„Lieber goar keen Geschenk nich, als een falsches", redete er sich ein und trieb seinen Rappen mit einem leichten Peitschenhieb erneut an. Über das Fässchen Salz, das hinter ihm auf dem Wagen lag, über das würde sich die Walburga bestimmt freuen. Und das Dorle über die bunten Bänder. Alles andere würde sich finden.

Und es fand sich auch.
Als Benedikt sein Pferd am Zügel aus dem Wald herausführte und auf das Haus der Kräuterfrau zustrebte, sah er die alte Walburga vom Dorf her über die Wiese

kommen. Voller Übermut sprang er auf seinen Wagen und fuhr ihr in schnellem Galopp entgegen. Zuerst wollte die alte Frau nicht auf den Wagen steigen, setzte sich dann aber doch auf den Kutschbock neben ihren Jungen. Im flotten Trapp lenkte Benedikt sein Pferd dem Kräuterhäuslein zu.

„Woas machste denn aso früh eim Durfe?", wollte Benedikt noch während der Fahrt wissen. Walburga verzögerte die Antwort.

„Ies waos mit dem Dorle? Soag's mir."

Ohne Zuruf war das Pferd vor dem Haus stehen geblieben. Wie eine leichte Feder hob Benedikt die alte Frau vom Bock herunter und stellte sie neben sich auf die Erde.

„Was ies mit dem Dorle?"

Die Kräuterfrau winkte ab und ging wortlos ins Haus. Zuerst wollte der Junge sie aufhalten, dann überlegte er es sich anders, rollte das Salzfass vom Wagen und trug es in die Stube.

„Hab' dir was mitgebracht. Hoffentlich freut's dich."

„Mein Gott! Asu viel Salz hoab ich in meim ganza Laba noch nie gesahn!", strahlte die Walburga. „Doas kann ich ja niemals aufbrauchen nich."

„Loass dirs gutt vergüten, wenn's jemand braucht. Oder verschenks, wenns dir danach ies. Aber sag endlich, woas mit dem Dorle ies."

„Mit dem Dorle ies nischt. Oaber den Eckbauer, den hoats erwischt."

„Stehts schlimm? Goar uff den Tod?"

„Nee, uff den Tod stiehts nich mit ihm, oaber een Krüppel könnt er bleiben fürs ganza Laba."

Nachdem die alte Frau, nach der ungewohnten Kutschfahrt, wieder gut bei Atem war, begann sie zu erzählten.

„Weeste, vor drei Tagen woars. Der Eckbauer hoat doas Haferfeld umgepfügt, do sein ihm plötzlich die Uchsen scheu gewurn. Wovor oder warum, doas weeß ar bis heute nich. Barfuss ies er gewast, der Eckbauer, und da ies ihm die Pflugschar quer übern Fuß gerutscht. Ziemlich tief nei. Hoat viel geblutt. Nu kennts sein, ar werd nie wieder richtig loofen können. Deshalb gieh' ich haalt jeden Tag zweemal eis Durf, mach die Wunde sauber, gibb meine Kräuter druff und leg eenen neuen Verband."

„Und woas ies mittem Dorle?"

Ohne auf Benedikts Frage zu achten, redete Walburga weiter.

„Wehleidig ies ar, der Eckbauer. Doas hoab' ich nie von su eenem stoarken Kerle gedoacht. Schlimm für ihn ies halt, doass sei Haberfeld nicht fertig umgepflügt ies. Keener koann ihm halfa[28]. Oalle habns

---

[28] helfen

noch selber uff ihren Äckern zu werkeln. Der gruße Raan[29], der werd nimmer lang uff sich warten lassen. Mir sein ja schun tief eim Herbste."

Als Benedikt das alles gehört hatte, wusste er, wie er den Eckbauern gütig stimmen könne. Von Walburga ließ er sich genau erklärten, wo dieses Haferfeld zu finden sei. Noch nie war er hinter einem Pflug gegangen, noch nie hatte sein Pferd ein solches Gerät gezogen, aber versuchen wollten sie es. An den Schollen, die der Eckbauer schon aufgebrochen hatte, erkannte Benedikt Richtung und Tiefe der Furchen. Wurden die ersten drei Reihen auch etwas krumm, gewöhnten sich Pferd und Pflüger bald an die ungewohnte Arbeit, und bis zum Abend war das gesamte Haferfeld umgepflügt.

Als Walburga am nächsten Morgen ins Dorf gehen wollte, dem Eckbauern einen neuen Verband anzulegen, standen Pferd und Wagen vor der Tür bereit. Benedikt machte eine Ehrfurcht gebietende Geste, als lade er eine Fürstin in seinen Wagen.

„Steig ei, Muttel, heute foahrn mer mit der Kutsche eis Durf."

Die alte Frau blickte zum Himmel, als wolle sie dort um Beistand bitten.

---

[29] Regen

„Guck amol, die dunklen Wulken hingerm Wolfsberg, die verheeßen nischts Gutts."
Benedikt erkannte sofort die Doppeldeutigkeit ihrer Worte und versuchte, sie zu beruhigen.
„Ich weeß, der Eckbauer will den *Zwirlezwack* nich in sei Haus neilussen. Ich werd ihm aber sagn: Eckbauer, es gibt keenen *Zwirlezwack* mehr. Der Köhlersohn Benedikt kummt in dei Haus und bietet dir seine Hilfe an. Kumm ocke, loass' uns fahrn."
Mit einem kurzen „Hüh" lenkte Benedikt das Pferd schweigend durch den Hohlweg in Richtung auf das Dorf zu. Walburga zog ihr Tuch enger um den Kopf und hielt ihre Arme verschränkt vor der Brust, als friere sie. Noch müde von der ungewohnten Arbeit auf dem Acker zog das Pferd in gemächlichem Schritt den Wagen hinter sich her. Keiner der drei schien es eilig zu haben.

Der Eckbauer brauste auf, als er das laute „Brrrr" vor seinem offenen Fenster hörte.
„Woas will denn dieser *Zwirlezwack* schun wieder uff meinem Hof?"
„Es gibt keenen *Zwirlezwack* mehr, Eckbauer", rief die Walburga noch vom Wagen herunter. „Wennste dem Köhler Benedikt den Eintritt verwehrst, dann foahr

ich gleich wieder heem. Deinem Fuß wirds wenig dienlich sein."

„Verärgert drehte sich der Eckbauer vom Fenster weg. Sein Weib dagegen öffnete die Haustür, lud die Walburga und ihren Kutscher ins Haus.

„Sehts ihm nach. Ar ies halt verbittert, doass er nicht ackern kann."

„Dann bestellst ihm, sei Haferfeld ies bis zum hintersten Rain schun gepflügt. Der Junge hoat's gemacht, mit seinem Pfard."

Als die Eckbäuerin mit ihren Besuchern in die Stube kam, saß der Eckbauer mit dem Rücken zur Tür, als wolle er nicht sehen, wer da eintritt. Selbst als die Eckbäuerin wiederholte, was die Walburga eben gesagt hatte: „Doas Haferfeld ies umgeackert, mit dem Pfard hoat ars gemacht", blieb der Bauer abgewandt sitzen. Benedikt hielt das Geschenk fürs Dorle, die neue Ledertasche mit den bunten Bändern, hinter seinem Rücken versteckt. So sehr seine Augen auch suchten, er konnte das Dorle nicht sehen.

Die Kräuterfrau breitete alles, was zur Wundversorgung nötig war, auf dem Tisch aus. Als alles bereit stand, fuhr sie den Eckbauern an:

„Nu, woas ies, drahste dich um, oder nich? Benimmst dich wie een kleenes trotziges Kind. Muss man dir ooch noch vorsagen, doass de dich zu bedanken hoast? Dei Haferfeld ies umgepflügt, von vurne bis hinga. Der Junge hoats für dich gemacht. Und wenn's dein Fuß erfordert, fährt dich der Köhler Benedikt uff seinem Wagen bis ei die Stadt. Er weeß dort eenen gutten Wundheiler."

Obwohl sie gar nicht darüber gesprochen hatten, bestätigte Benedikt Walburgas Worte.

„Ja, Eckbauer, bevor der Wundbrand dein Been ufffrisst, foahr ich dich ei die Stadt."

„Wundbrand? Mein Been ufffressen? Doas wär' dir wohl recht ..."

„Red' nicht solch einen Unsinn, Eckbauer!"

In dieser harschen Form hatte Walburga noch nie mit einem Bauern gesprochen. Sie erschrak selber über ihre harten Worte, doch im gleichen Atemzug pflichtete ihr die Eckbäuerin bei.

„Hoat dir schun eenmal eener die Arbeit gemacht, ohne doass de vorher lang drum gebettelt hoast? Doas ‚bitte-bitte' hoaste dir diesmal erspoart. Oaber dann soag wenigstens ‚Danke' für doas, woas der Benedikt für dich getan hat."

Widerwillig drehte sich der Eckbauer vom Fenster weg und hielt sein verletztes Bein der Walburga direkt vors Gesicht.

„Meenste, es kennt eenen Wundbrand geben?"

„Wenn die Bitternis, die in dir brodelt, in die Wunde kriecht, werd's wohl so sein."

‚Weibergewäsch' hätte der Eckbauer wohl am liebsten gesagt, er besann sich aber dann eines Besseren und murmelte ein kaum zu verstehendes „Dankscheen" vor sich hin. Doch Benedikt hörte es wohl und hoffte, die Gunst der Stunde nutzen zu können. Mutig trat er näher heran.

„Eckbauer, du werscht nischts dagegen ham, doass ich dem Dorle ooch een Geschenk mach. Für dich das Ackern uffm Haferfeld, und dem Dorle een paar bunte Bänder." Weil vom Eckbauern keine Antwort kam, fügte Benedikt schnell noch hinzu: „Und wennste willst, foahr ich dich ooch zum Wunddoktor ei die Stadt."

„Wird wull nicht nötig werden", mischte sich die Walburga ins Gespräch, während sie den verletzten Fuß von allen Seiten betrachtete. „Wenn der Sturkupp weiter asu vernünftig bleibt und den Fuß immer huuch lagert, da wern meine Kräuter schun doas ihrige tun."

„Eckbauer, wenn du noch eenen Acker zum Umpflügen hast, soag's nur. Mir hoat's richtig Spaß gemacht. Und meinem Gaul ooch. Soag's mir aber, bevor ich den nächsten Meiler setz. Wenn der Meiler erscht brennt, koann ich zwee Wochen lang nich weg, doas weeßte ja."

Während die Kräuterfrau weiter am Fuß des Eckbauern herumhantierte und

Benedikt auf eine Antwort auf seine Frage wartete, zog die Eckbäuerin das Dorle am langen Arm hinter sich her in die Stube.
„Der Herr Benedikt hoat dir was mitgebracht. Also, bedank dich recht scheen."
Fast wäre der Walburga der Fuß des Eckbauern aus der Hand geglitten. *Herr* hatte die Eckbäuerin ihren Jungen genannt. *Herr!* Der Eckbauer hatte es auch gehört, ihm blieb der Mund offen. Nur Benedikt schien es gleich zu sein. Seine Augen hingen am Dorle, die starr auf den Boden blickte. Allein das Knistern des Herdfeuers war zu vernehmen.
„Nu gibbs ihr schun!", forderte die noch immer vor dem Eckbauern am Boden kniende Kräuterfrau ihren Jungen auf. „Wer een Herr ies, der muss ooch Geschenke verteilen."
Nur zögerlich hob das Dorle den Blick. Benedikt holte die Ledertasche mit den bunten Bändern hinter seinem Rücken hervor. Worte fielen ihm nicht ein. Allein Walburga erhob voller Stolz ihre Stimme und mühte sich, im Hochdeutschen zu reden.
„Herr Benedikt, du hast das Geschenk für die Bäuerin vergessen. Es liegt draußen auf dem Kutschbock. Spute dich und hol es herein."
Zuerst wusste der Angesprochene nichts mit diesen Worten anzufangen, lief

aber dann doch hinaus zum Wagen. Unter dem Kutschersitz fand Benedikt ein weißes Säckchen, so groß wie ein Kinderkopf. „Salz. Die Gutte denkt an alles!"
Schnell trug er sein Geschenk in die Stube.
„Für euch, Bäuerin", sagte er und neigte dabei seinen Kopf. Bei Frauen, die nicht mehr umworben werden, kommen solche Gesten besonders gut an. So leuchteten auch die Augen der Eckbäuerin hell auf.
„Danke, Herr Benedikt. Ihr seid sehr freundlich."
Zum wiederholten Mal redete die Eckbäuerin den *Zwirlezwack* als *Herr* an. Das erfüllte die Kräuterfrau mit so großem Stolz, dass sie dem Verletzten übermütig einen Klaps auf das inzwischen wieder gut verbundene Bein gab. Ob der Aufschrei des Bauern einem Schmerz entstammte, oder seinem Entsetzen über die Redewendung seines Weibes, interessierte Walburga nicht.
„Mich würds arg freun, käm das Dorle ab und an wieder mal zu mir. Wenn der Herr Benedikt unterwegs ist, gebricht mir manches."
„Du weeßt doch, Walburga, mir helfen dir gerne. Oaber, weil mer grade so gutt beim Reden sein: Weeßte, das Dorle darf nicht mehr so schwer arbeiten. Weil se ...

nu, wie soagt man? Sie ies ei der gutten Hoffnung."

Der Eckbauer, für den diese Nachricht neu war, wäre am liebsten aufgesprungen, spürte aber sofort einen heftigen Stich in seinem verletzten Fuß. So blieb ihm nur, die Fäuste zu ballen und mit der Zunge die trockenen Lippen zu netzen.

Benedikt stürzte nach vorn.

„Ist's wahr? Ist's wahr, Dorle?"

Aus den Augen des Mädchens tropften Tränen auf seine Hand. Sprechen konnte sie nicht. Es mag Tage geben, die so ausgerichtet sind, dass viele Herzen gleichzeitig jubilieren. Der heutige Tag schien ein solcher zu sein. Benedikt wollte das nützen und stellte sich vor den Eckbauern.

„Eckbauer, und auch Ihr, Bäuerin, ich bitt euch schön. Gebt mir das Dorle zum Weib."

Weil so schnell keine Antwort kam, fügte Benedikt noch hinzu, er wolle das Dorle ehren und beschützen. Wolle immer für sie sorgen und ihr treu sein. Noch tausend andere Versprechen reihte er aneinander. Vom Eckbauern kam aber kein erlösendes *Ja*. Sein Groll war zu groß. In solch einem Moment hilflos auf einem Stuhl sitzen zu müssen, den verletzte Fuß hoch gelagert, das verbitterte den Bauern immer mehr. Er konnte und wollte seinen Ärger nicht verbergen.

„Wer mit eenem Tragekorb voller Hulzkohlen weggieht und mit Pfard und Wagen in einem nagelneuen Lederwams wieder zurückkummt und wie der Leibhaftige durchs Dorf jagt, der ies nich geheuer ..."

Der Eckbäuerin wäre ein reicher Schwiegersohn gerade recht. So fürchtete sie, das Gerede ihres Mannes könne den Köhler verschrecken. Deshalb fiel sie ihrem Mann schnell ins Wort.

„Haste nich gehört, woher der Reichtum des Herrn Benedikt stammt? Ehrlich von seinen Eltern erworben."

„Ich gloobs nich. Alle eim Durfe haalen den hergeloofenen *Zwirlezwack* für die Ausgeburt des Teifels. Und der wagts, um die Hand vom Dorle anzuhalten?"

„Der Herr Benedikt verstieht sein Handwerk ..."

„Schweig!", schrie der Eckbauer plötzlich ganz laut: „Geschwängert hat er se!"

Die alte Walburga drückte den hoch gelagerten Fuß des Eckbauern so hart auf den Schemel, dass dem Bauern ein Schmerzensstich durch den ganzen Körper jagte.

„Deinem Weib magste das Maul verbieten. Mir nicht! Werd' endlich gescheit, Eckbauer. Mei Junge ies keen *Zwirlezwack* nich! Er ies een fleißiger und ehrlicher Mann, der sein Handwerk verstieht. Und noch viel mehr als blussig sein Handwerk. Hoat ar nich deinen Acker gepflügt, obwohl ar die Arbeit eines Bauern vorher noch nie gemacht hoat? Warum gloobst du ihm nich, doass seine ehrsamen und fleißigen Eltern ihr hart erarbeitetes Geld vergraben mussten, weil die Räuber es stehlen wullten? Und ar hoat's wiedergefunden."

Wie ein Gewitterregen stürzten die Worte der Kräuterfrau über den vor ihr hockenden Eckbauern. Und sie ließ nicht nach.

„Und damit du's weeßt vor all den Zeugen hier: wenn ich amol meine Augen zumach, für immer, dann gehört meine Kate und oalles, woas mein ies, dem Herrn Benedikt. Dem hier, een Köhler seines Zeichens. Mit allem was drinnen und außen herum ies. Dem Schulten werd ichs heut noch melden, damit ers amtlich macht."

Walburga wusste selber nicht, ob sie jemals schon so viel gesprochen hatte. Dazu gegen einen Mann. Es machte ihr aber eine solch große Freude, und sie wollte nicht aufhören zu reden.

„Und weeßte noch woas? Dort draußa, do warten schun andere druff, meinen Junga ei die Hand zu kriegn! Du weeßt genau, woas ich damit meen. Verheiratete Weiber gucken sich nach ihm die Augen aus. Und außerdem: Beim Obermüller und beim Schulte, bei denen wachsa in een, zwee Jahrn junge Dinger heran, die sich itze schun nach meinem Jungen die Finger lecken."

Bei diesen Worten der Walburga hob das Dorle zum ersten Mal die Augen und blickte ihren Freier an. Im Eckbauern kochte aber weiter die alte Wut.

„Die Räuber werd ar ins eis Durf locken, dieser *Zwirlezwack.*"

Nachdem die alte Kräuterfrau es gewagt hatte, dem Bauern ihre Meinung offen ins Gesicht zu schreien, fühlte sich die Eckbäuerin gestärkt.

„Hoat der letzte Wanderbursch nich erzählt nich, sie hätta ei der Stadt eenen Räuberhauptmann uffgehängt? Und drei seiner Kumpane derrzu?"

Benedikt horchte auf. Von dieser Nachricht wusste er nichts.

„Eckbäuerin, weeßte ooch den Namen vun dem Kerle, den se uffgehängt ham?"

„Ja, eenen Namen hoat ar gesoagt." Die Bäuerin überlegte. „Ja, jetzt weeß ich's: Bartel hoat er geheeßen! Der Reiberhauptmann, den sie uffgehängt ham, hoat Bartel geheeßen."

Am liebsten hätte Benedikt vor Freude sein Dorle in den Arm genommen, griff dann aber doch nur nach ihrer Hand.

„Bartel! Ja, doas ies ar. Bartel hieß der Kerle, der unsre Kate in Brand gesteckt hoat. Der woar's, der meinen Vater und

meine Mutter entführt hoat. Uffgehängt habms? Gott sei's gedankt!" Benedikt schlug mehrere Kreuze. „Hastes gehört, Eckbauer? Diese Sorge sein mir los. Nu gibbts hier keene Räuber mehr! Es gibbt ooch keenen *Zwirlezwack* mehr. Bauer! Nu soag halt endlich: Ja."
„Kniet vor ihm nieder", flüsterte die Eckbäuerin. „Vielleicht wird er dann gnädig."
Für einen kleinen Moment blickten sich Walburga und Benedikt an. Jeder wusste, was der andere dachte. Benedikt sprach es aus.
„Alleine vor Gott knie ich nieder, vor keenem anderen nich. Ich bin een freier Mann. Meine Rechte sein die gleichen wie die seinen. Und meine Ehre ooch. Meine Meiler kann ich überall baun. Ebenso mein Haus."
Bei diesen Worten erschrak das Dorle und griff ängstlich nach Benedikts Hand. Der hielt sie fest in der seinen, und gemeinsam traten sie noch einen Schritt näher vor den Eckbauer.
„Nu weeßtes, Eckbauer, das Dorle und ich, mir sein längst eene Familie. Vor dir niederknien werd ich nich. Aber fragen will ich dich, wies die Sitte ist. Mehr nich. Gib mir deine Tochter zur Frau, Eckbauer. Ich bitt dich drum."
Still wurde es. Nur die letzten Worte schienen noch durch den Raum zu

wabern. Alles, was gesagt werden musste, war gesagt.

„In Gottes Namen." Wer diese drei Worte gesprochen hatte, blieb unerforscht. Der Eckbauer? Sein Weib? Oder gar die alte Walburga? Benedikt war es gleich. Er nahm seine Braut an die Hand, führte sie hinaus zu seinem Wagen. Vorsichtig hob er sie auf den Sitz. Dem Pferd gewährte er nur langsamen Gang, obwohl er in seiner Freude lieber im gestreckten Galopp über die Wiesen gejagt wäre.

Am Kräuterhaus angekommen, hob Benedikt sein größtes Glück herunter und trug es in die Mitte des großen Kreises, in dem er seine Meiler baute.

„Unsere Liebe soll nicht in gierigen, großen Flammen verbrennen. Sie soll lange glühen, wie meine Meilerkohlen."

Zärtlich küsste er seine Braut. Als sie sich endlich voneinander lösten, griff Dorle nach Benedikts Hand und legte sie auf ihren Bauch.

„Spürste ihn, deinen Sohn? Asu kräftig, wie der hier drinna herumzappelt, so ies ar wie du: een echter *Zwirlezwack*."

***